Heinz G.

Konsalik

Das Herz aus Eis

Die grünen Augen von Finchley

Zwei Romane in einem Band

GOLDMANN VERLAG

Originalausgabe

Der Goldmann Verlag
ist ein Unternehmen der Verlagsgruppe Bertelsmann

Made in Germany · 9. Auflage · 4/91

Umschlagentwurf: Design Team München
Umschlagfoto: Mall PhotoDesign, Stuttgart
Satz: IBV Lichtsatz KG, Berlin
Druck: Elsnerdruck, Berlin
Verlagsnummer: 6664
MV · Herstellung: Sebastian Strohmaier/Voi
ISBN 3-442-06664-6

Inhalt

Das Herz aus Eis

Kriminalroman

Personen

Valeria Thurner	Schauspielerin
Jack Fenton	Verehrer
Dr. Patrik McJohn	Patentanwalt und Verehrer
Samuel Pearson	Besitzer der »Pearson-Film«
Rodrigo Balenco	Schauspieler
Iren Shaw	Schauspielerin
Jules Combattier	Schauspieler
Fred Jacklow	Inspektor
Michael Collins	Lieutenant und Assistent von Jacklow
Mr. Vaeso	Spielwarenhändler
Mr. Vaeso	Hausmeister und Portier
Lumubra	Mestize
Roberto del Villeria	Reisender
Pietro Maurillio	Kneipenbesitzer
Juana Maurillio	seine Tochter
Bianca	Tänzerin
Marques Miguel del Bonueta	reicher Farmer

I

»Sie sind ein hartnäckiger Bursche, Patrik«, sagte Valeria Thurner lächelnd und lehnte sich in dem weißen Armsessel zurück. »Sogar morgens werfen Sie mich wegen eines Heiratsantrages aus den Federn! Seid ihr Iren alle so feurig?«

»Valeria, hören Sie mich an!« flehte Patrik McJohn. Er beugte sich vor und sah Valeria schwärmerisch in die tiefblauen Augen unter den goldfarbenen, üppigen Locken.

Amüsiert winkte Valeria ab, und bevor es richtig begonnen hatte, beendete sie mit dieser eleganten Handbewegung die ganz sicher zu erwartenden Liebesschwüre.

Es war genau 9 Uhr 15. Eine warme, helle Maisonne flutete durch die beiden Fenster in den großen Raum. Vor den weit offenen Fensterflügeln bauschten sich schwach die dünnen Stores. Von der Straße herauf hörte man den dumpf brausenden Verkehr der Weltmetropole New York. Der einzige Nachteil der im ersten Stock gelegenen Wohnung waren die Geräusche der nahegelegenen stark befahrenen Straße, an die Valeria sich jedoch mit der Zeit gewöhnt hatte.

Valeria Thurner war einer der Top-Stars der »Pearson-Film« und berühmt geworden durch die meisterhafte Darstellung einer blinden Pianistin. Sie galt als die charmanteste und schönste Frau des amerikanischen Films. Der tägliche Eingang ihrer Fan-Post lag bei sechshundert bis tausend Briefen – nicht hinzugerechnet die Stöße von Foto- und Autogramm-Bitten. Aber trotz ihrer Beliebtheit und des überall anerkannten Rufes als hervorragende Schauspielerin war Valeria Thurner im Grunde ihrer Seele einfach und zurückhaltend geblieben. Ihrem Publikum schenkte sie all ihre schauspielerischen Talente verschwenderisch, kehrte dann aber zurück in diese ihr eigene, stille Welt, aus der sie weder Starruhm noch die Lobpreisungen ihrer Umgebung hervorlocken konnten. Kollegen, die die Echtheit ihrer Gefühle nicht erkannten und sich selbst im Blitzlichtgewitter der applaudierenden Öffentlichkeit sonnten, nannten sie deshalb stolz und eingebildet.

Manch glühender Bewerber um ihre Gunst mußte erfahren, daß Valeria Thurner im normalen Leben völlig anders war als in ihren Rollen. Sie waren enttäuscht darüber, daß sich die berühmte Schauspielerin in nichts von einer herkömmlichen Hausfrau unterschied, ja sogar ein noch langweiligeres Privatleben führte.

Einer der wenigen, der seit zwei Jahren zu ihrem engeren Kreis gehörte, war Patrik McJohn. Er war eine merkwürdige Mischung zwischen Ire und Schotte, groß, schlank, drahtig, mit der Lässigkeit eines geborenen Gentleman und der Treue eines Bauern, bärenstark, doch gutmütig bis zur Unlogik, dazu aber begabt mit einer blendenden Intelligenz, die ihn eigentlich für jeden durchschnittlichen Beruf ungeeignet machte.

Als Kleinkind war er mit seinem Vater nach New York gekommen, der sich als Patentanwalt in Manhattan niedergelassen und es innerhalb von 28 Jahren zu Ansehen und einem wohlgefüllten Bankkonto gebracht hatte. Sein Sohn Patrik hatte nach Abschluß der Studien in Minnesota die väterliche Praxis übernommen. Als der alte McJohn gestorben war, blieb für Patrik die schwere, aber lohnende Aufgabe, das ererbte Millionenvermögen sinnvoll anzulegen und auszugeben.

Seine Liebe zu Valeria Thurner hatte Patrik McJohn entdeckt, als er vor zwei Jahren auf einem Ball im Hotel Waldorf-Astoria die berühmte Schauspielerin kennenlernte und sie ihn bat, mit ihr auf den Dachgarten zu entfliehen, da sie den Trubel um ihre Person nicht ausstehen könne. Seitdem gehörte er zu Valerias stillen Beschützern und tauchte ungefähr alle sechs Wochen zusätzlich mit einem Heiratsantrag bei ihr auf, der stets höflich, humorvoll und mit einem Lächeln ebenso konstant abgelehnt wurde. Es gehörte gewissermaßen schon zu Patriks Lebensrhythmus, alle sechs Wochen geknickt nach Hause zu fahren und auf den Erfolg des nächsten Antrags zu hoffen.

Heute nun, an diesem sonnigen 17. Mai 1938, saß er Valeria Thurner wieder in ihrer wunderschönen Wohnung in der 57. Straße gegenüber und betrachtete wehmütig den schlanken, biegsamen Körper in der weit fallenden, weißen Spitzenkreation. Weiße Fellpantoffel schützten ihre schmalen, nackten Füße.

»Sie sehen – wie immer – einfach einmalig aus«, sagte Patrik McJohn kopfschüttelnd. »Aber Ihr Herz, beste Valeria, Ihr Herz ist ein Eisklumpen! Rätselhaft, wie nahe Vulkan und Eis nebeneinander wohnen«, philosophierte er weiter.

Valeria Thurner nickte lächelnd. Sie erhob sich und zog den Spitzenmantel über ihrer Brust enger zusammen.

»Schon das vierzehnte Mal versuchen Sie, das Eis zu schmelzen«, entgegnete sie. »Bester, lieber Patrik – ich kann Ihnen immer nur das eine sagen: Ich gehöre am liebsten mir selbst allein! Was können Sie mir als Mann schon zusätzlich bieten?«

»Das herrliche, freie, betörende, pulsierende Leben...«

»Glauben Sie, daß ich darauf warte – daß ich es vermisse...?«

»Sie sind jung, Valeria...«

»Achtundzwanzig Jahre! In zwei Jahren bin ich dreißig, schon dreißig!«

»Sie sind ein Engel! Sie leben ohne den Druck der Jahre...«

»Allein, ja...« Valeria lächelte wissend. »*Mit* einem Mann würde ich die Häufung meiner Jahre am Nachlassen seiner Liebe abzählen können!«

»Valeria...« Patrik hob beteuernd die Hände.

Sie rollte sich eine ihrer blonden Locken um den Zeigefinger. »Beschwören Sie nichts! Eide, die Männer Frauen leisten, sind der Inbegriff der Inkonsequenz! Ich mache Ihnen einen Vorschlag, Patrik.«

»Bitte!«

»Warten wir noch etwas!«

McJohn verzog sein Gesicht, als habe er in eine Zitrone gebissen. Gleichzeitig erhob er sich, knipste eine Rose ab – den Strauß hatte er vorhin mitgebracht – und steckte sie in ein Knopfloch seines Jacketts.

»Also nochmals sechs Wochen! Okay! Heute haben wir

den 17. Mai. Am 28. Juni komme ich mit neuen Rosen. Streichen Sie sich auf Ihrem Terminkalender den Tag bitte an, Valeria: 28. Juni 1938 – Erscheinen Patrik McJohns zwecks Heirat!«

Valeria Thurner lachte ihr helles, fröhliches Lachen und streckte Patrik beide Hände entgegen. »Sie sind ein liebenswerter Kauz, Patrik! Kommen Sie wieder, wann immer Sie wollen! Sie sind stets willkommen... nur, jetzt stören Sie!«

»Oh...«

»Ja, denn ich möchte baden. Das Wasser wartet schon auf mich...«

McJohn küßte ihr galant die rechte Hand und ging zur Tür. Dort wandte er sich noch einmal um und grinste jungenhaft.

»Glückliches Wasser«, sagte er. »Es ist das einzige, das Ihren herrlichen Körper umschmeicheln darf. Ich beneide es.«

Damit verließ er das Zimmer, während Valeria ihm erheitert nachblickte.

Als sich auch die Wohnungstür geschlossen hatte, ging sie ins Badezimmer, prüfte mit der Hand die Temperatur des Wassers, lief nochmals ins Wohnzimmer, nahm einen Stapel Briefe der Morgenpost auf, um sie, wie es ihre Angewohnheit war, im Bad zu lesen, und kehrte endgültig in den hell gekachelten Baderaum zurück.

Dort öffnete sie das kleine Fenster, das einen Blick auf einen engen Hof mit grauen Hauswänden und vereinzelten blinden Fensterscheiben freigab, schloß die Tür des Badezimmers und begann sich geruhsam zu entkleiden.

Dann stand sie nackt vor der breiten Wanne, reckte genüßlich mit ausgebreiteten Armen ihren vollendet geformten, weißen Körper und zuckte zusammen. Ein heftiger, schneller Stich schoß durch ihre Brust. Die Nerven, dachte sie, ich habe mich bei den letzten Atelieraufnahmen überanstrengt. Langsam ließ sie sich in das warme, duftende Wasser gleiten und plätscherte darin wie ein übermütiges Kind.

Merkwürdig! Sie mußte plötzlich an Patrik McJohn denken.

Als Patrik sich in schneller Fahrt seinem Haus etwas außerhalb Manhattans näherte, hatte er einen verwegenen, aber typisch männlichen Plan gefaßt.

Müde des ständigen Wartens auf ein »Ja« Valerias, hatte er sich überlegt, ob es nicht zweckmäßiger sei, die Eroberung dieser anbetungswürdigen Frau auf eine Karte zu setzen und die Methode anzuwenden, die schon den Rittern im alten Europa als wirksam bekannt war: die Auserwählte einfach zu entführen!

Patrik McJohn malte sich die Durchführung in den schillerndsten Farben aus. Er besaß in Ohio ein großes, gemütliches Landgut, das sich ideal zum Liebesnest eignete. Bei der Gelegenheit würde natürlich Valerias Abwehr nachlassen, weil sie ständig in seiner Nähe wäre und endlich entdecken könnte, welch prachtvoller Kerl er war.

Patrik McJohn war ein unübertrefflicher Optimist!

Vergnügt stieg er vor seinem Haus aus dem Wagen, übergab ihn seinem Boy und eilte sofort in sein Arbeitszimmer, um die nötigen Vorbereitungen für seinen Streich zu treffen.

Zunächst galt es, den Verwalter seiner Farm in Ohio anzurufen und ihn auf sein Kommen vorzubereiten. In Valerias Zimmer müßten neue Sessel und eine breite Couch gestellt werden. Alles sollte so sein, daß sie New York und die Behaglichkeit ihrer Wohnung nicht vermißte. Ferner müßte ein Freund verständigt werden, der ihn auf unbestimmte Zeit im Anwaltsbüro vertreten könnte, und überhaupt sollte diese Liebesentführung so vorbereitet sein, daß nicht eine Minute zu bereuen war.

Als Patrik McJohn sich hinter seinem Schreibtisch niedergelassen und die Morgenpost zunächst zur Seite geschoben hatte, läutete schrill das Telefon. Patrik warf einen Blick auf die Schreibtischuhr und schüttelte verwundert den Kopf. Zehn Uhr vormittags. Um die Zeit pflegte sonst noch niemand anzurufen.

Hartnäckig läutete der Apparat weiter. Patrik nahm den Hörer ab und wartete einen Augenblick, bevor er sich mit dem klassischen »Hallo?« meldete.

Eine fremde, merkwürdig dumpfe Stimme dröhnte durch die Leitung. »Spreche ich mit McJohn?«

»Ja, das tun Sie!«

»Freut mich, bester Doktor! Sie waren doch eben bei Valeria Thurner? Erkannte Ihre Autonummer, als Sie abfuhren.«

»Ja, allerdings!« Patrik richtete sich erstaunt auf. »Wer spricht denn da?«

»Das geht Sie gar nichts an«, gluckste die Stimme frech. Doch gerade durch diese unterdrückte Belustigung merkte

McJohn, daß die Tonlage verstellt war. Der natürliche Klang mußte weit höher liegen.

»Wichtig ist nur, daß Sie der letzte sind, der Valeria Thurner heute gesehen und gesprochen hat.«

»Ja, und?«

»Oh, im Augenblick nichts weiteres. Aber vielleicht gegen Abend! Ich möchte Ihnen als unbekannter Freund einen guten Rat geben. Sorgen Sie für ein lückenloses Alibi bis heute abend, sonst kann es Ihnen passieren, daß Sie mit dem elektrischen Stuhl Bekanntschaft schließen!«

»Sie sind doch verrückt!« rief Patrik erregt. Er wußte wirklich nicht, was er von diesem Gerede halten sollte. »Wer sind Sie, Mann?«

»Ein Freund«, gurrte die dumpfe Stimme. »Ein Freund aller Männer, die unglücklich und hoffnungslos lieben. Nicht wahr, bester Doktor, Sie lieben doch auch diese Valeria Thurner, die Göttin von der ›Pearson-Film‹? Sie brauchen nicht zu antworten, ich weiß es! Ich beobachte jeden, der Valeria liebt und unter ihrem gnadenlosen Spott zu leiden hat! Auch über Sie hat sie gespottet und Ihre Anträge verlacht. Trösten Sie sich, Sie sind nicht der einzige.«

»Was fällt Ihnen ein!« schrie Patrik nun und hieb mit der Faust wütend auf den Tisch. »Ich verbiete Ihnen, mit mir in diesem Ton...«

»Stop, mein Lieber, stop!« unterbrach ihn die dumpfe Stimme. »Heben Sie sich Ihre Erregung für heute abend auf. Ich halte nochmals fest: Sie haben Valeria Thurner zuletzt gesehen. Sorgen Sie für ein gutes Alibi!«

Es knackte in der Leitung, die Verbindung brach ab. Wütend warf Patrik den Hörer auf die Gabel und sprang auf. Ein Verrückter, dachte er, ein total Verrückter! Alibi – lächerlich!

Doch der Vorfall hatte ihn mehr beunruhigt, als er sich eingestehen wollte. Gereizt lief er im Zimmer auf und ab und wiederholte im stillen die Worte des Unbekannten.

Ob Valeria Thurner nur ihn nicht erhörte, aber anderen Männern den Triumph ihrer Liebe schenkte? Ob sie tatsächlich mit ihm nur grausam spielte, um Zeit zu gewinnen für die Gunst lukrativerer Bewerber?

Konnte eine so wunderschöne Frau wie Valeria Thurner überhaupt ohne Liebe leben?

Je mehr Patrik McJohn darüber nachdachte, um so sicherer wurde er. Diese fremde, offensichtlich verstellte Stimme ließ ihn nicht los.

Und plötzlich überfiel ihn eine unerklärliche, grundlose Angst, die seinen Herzrhythmus verdoppelte. Rasch griff er nach seinem Mantel, ließ sich sein Auto vorfahren und raste auf dem kürzesten Weg zu seinem Club, wo er bis zum späten Nachmittag blieb.

Man konnte ja nicht wissen, vielleicht lag in diesem unverschämten Anruf doch ein Körnchen Wahrheit, und sein Club war auf jeden Fall ein sicheres, vorzügliches Alibi!

Zwei versuchte Anrufe bei Valeria blieben ohne Antwort.

Als er am Abend nach Hause kam, hatte er den Entführungsplan fallengelassen. Ein Gefühl von Wut, Eifersucht und Enttäuschung hatte ihn gepackt, das ihn zu keinem klaren Gedanken befähigte.

Immer wieder hörte er die Worte: »Sie haben Valeria als letzter gesehen...«

2

Kriminalinspektor Fred Jacklow war ein untersetzter, stämmiger, blondhaariger vierzigjähriger Mann. Das einzig Ausgefallene an ihm war, daß er Bieruntersetzer aus aller Welt sammelte. Sein Schatz umfaßte außer sämtlichen Pappuntersetzern der USA nicht weniger als 2779 Bierfilze aus Europa, Deutschland an der Spitze, dann Asien, Afrika und sogar – das seltenste Exemplar – einen Bieruntersetzer der deutschen Union-Brauerei für den Gebrauch in Kamtschatka. Man bot Jacklow für diese grandiose Sammlung schon 57000 Dollar, was er jedoch lächelnd abgelehnt hatte. Statt dessen verstaute er seine Bierdeckel diebstahlsicher in einem Stahltresor der New Yorker Staatsbank.

Inspektor Fred Jacklow war weit über New York hinaus berühmt. Nicht wegen seiner umfangreichen Deckelsammlung, sondern wegen seiner in bestimmten Kreisen gehaßten Eigenart, die raffiniertesten Verbrecher und Gauner nicht nur aufzustöbern, sondern sie meistens noch in ihrem eigenen Netz zu fangen. Seine Spezialbegabung war es, die Fehler des Verbrechers auszukundschaften, aus der Gesamtsumme den schwächsten Punkt herauszukristallisieren und diesen dann gezielt einzusetzen. Diese Methode war wegen ihrer Treffsicherheit in der Unterwelt äußerst unbeliebt.

Im Moment saß Jacklow in seinem Dienstzimmer, seinem Assistenten, Lieutenant Michael Collins, gegenüber.

Collins war der Prototyp des farblosen jungen Mannes. Sein Gesicht, seine Figur, sein Gang, seine Stimme, seine Reden waren so langweilig, daß man seine Nähe mied. Man wollte nicht die Unhöflichkeit begehen, unwillkürlich gähnen zu müssen. Was ihn jedoch auszeichnete und ihm die Ehre gab, an der Seite Jacklows zu arbeiten, waren ein blitzschnelles Erfassen von Situationen und ein phänomenales Gedächtnis für Personen, Zahlen und Ereignisse. Er war ein lebendes Nachschlagebuch für die neuesten Kriminalfälle und ersetzte das mühselige Suchen in der Verbrecherkartei.

»New York wird tugendhaft«, sagte Inspektor Jacklow gerade und blätterte die Morgenmeldungen durch. »Im Dezernat in dieser Nacht nur zwei ungeklärte Raubüberfälle, drei Selbstmorde, ein Sittlichkeitsvergehen und siebzehn tödliche Autounfälle. Unsere Männer scheinen unter den Gangstern gründlich aufgeräumt zu haben.«

Michael Collins räkelte sich wohlig auf seinem Stuhl.

»Kunststück«, meinte er. »Wie wir gearbeitet haben! Was ist eigentlich aus Jim Blendel geworden, Chef?«

»Fünfzehn Jahre Sing-Sing«, antwortete Jacklow gleichgültig. Sing-Sing ist das berühmte Muster-Zuchthaus der USA und Asyl der schwersten Jungs. »Aber verraten Sie mir mal was ganz anderes, Michael. Wie kommt es, daß ich Sie noch nie lachen gesehen habe?«

Michael Collins zuckte die Achseln und blickte an die Decke.

»Vielleicht«, meinte er, »weil das Leben sowieso lächerlich ist...«

In diesem Augenblick schnurrte das Telefon auf Jacklows Schreibtisch. Der Inspektor und Collins sahen sich an.

»Na«, meinte Jacklow, »auf was tippen Sie, Michael?«

»Jetzt, um halb fünf nachmittags? Verkehrsunfall am Broadway, mehr nicht!«

Fred Jacklow nahm den Hörer ab und meldete sich. Eine Weile hörte er mit wachsendem Erstaunen einer schrillen, sich mehrfach überschlagenden Stimme zu und pfiff dann leise durch die Zähne. Erwartungsvoll schaute Collins ihn an.

»Ja... einen Augenblick...«, unterbrach Jacklow die aufgeregte Stimme im Apparat, hielt die Sprechmuschel zu und wandte sich an Collins, der bereits Bleistift und Papier vor sich liegen hatte. »Schreiben Sie, Michael: 17. Mai 1938, 4 Uhr 30 nachmittags, Anruf Nr. 17. Die Hauswirtin von Nr. 22, 57. Straße, zeigt an, daß sie soeben die Filmschauspielerin Valeria Thurner sterbend in ihrem Badezimmer auf dem Boden liegend entdeckte. Jede Hilfe kam zu spät. Mord oder Selbstmord nicht ausgeschlossen, obwohl keine Wunde zu sehen ist. Es wird Vergiftung angenommen. – Ja?« Er wandte sich wieder dem Telefon zu und lauschte, während Collins mit runden Augen verwirrt auf seinen Schreibblock starrte. »Wir kommen sofort... ja... beruhigen Sie sich... in spätestens zehn Minuten...« Er hängte den Hörer ein und blickte Collins an.

»Nun?« fragte er, »was sagen Sie dazu, Michael?« Auch er schien von der Nachricht bestürzt zu sein.

»*Die* Valeria Thurner?« stotterte Lieutenant Collins entgeistert. »Kaum glaublich... wer sollte sie ermorden? Bei soviel Schönheit wird doch jeder Mörder schwach!«

»Ob schwach oder nicht, es ist geschehen! Der Fall interessiert mich, wir werden ihn selbst bearbeiten. Collins, verständigen Sie den Wagen, den Arzt und den Fotografen. Ich glaube, wir werden bei dieser Valeria Thurner auf eine tolle Überraschung stoßen.«

Michael Collins stand auf und wollte schon aus dem Zimmer laufen, als das Telefon nochmals läutete. Er kehrte sofort um und hörte durch den zweiten Hörer das Gespräch mit. Beide Männer konnten nicht verhindern, daß es ihnen ein bißchen mulmig in der Magengegend wurde.

Eine dumpfe Stimme sagte knarrend nur einen Satz: »Boys, ich warne euch! Laßt eure Finger von dem Fall Valeria Thurner!«

In dem riesigen Atelier der »Pearson-Film«, Halle 3, war der Teufel los. Rodrigo Balenco, der Filmliebling aller Frauen zwischen 15 und 35 Jahren und Held unzähliger gefahrvoller Filmabenteuer zwischen Shanghai und dem Nordpol, tobte. Im Moment schrie er den hilflos wirkenden Direktor, Samuel Pearson, an.

»Eine Schweinerei ist das!« brüllte das Idol und donnerte einen schweren Stuhl auf den Boden. »Seit vier Stunden warte ich auf die Aufnahmen! Wenn sich der werte Herr Combattier nicht von seiner angebeteten Thurner trennen kann, sehe *ich* nicht ein, warum ich unter diesem Herrn zu leiden habe! Entweder verzichten Sie auf Ihren göttlichen Jules, oder *ich* gehe!«

Direktor Samuel Pearson seufzte und ließ sich mitten in der Atelierhalle auf ein Dekorationssofa plumpsen. Nun war er wieder aufgeflammt – dieser dusselige alte Streit zwischen Balenco und Combattier!

Jules Combattier war durch den französischen Film bekannt geworden und jetzt für drei Jahre an die »Pearson-Film« verpflichtet worden. Schon mit dem ersten Streifen hatte er sich in die Herzen der amerikanischen Frauen gespielt und galt als der gefährliche Rivale des bisher konkurrenzlosen Rodrigo Balenco. Dieser, der Typ des »schönen Mannes« ohne besondere geistige Fähigkeiten, beobachtete voll Neid und bitterem Groll das unaufhaltsame Steigen des neuen Sterns. Aber er versteinerte völlig, als er erfuhr, daß Combattier zu den wenigen auserwählten Verehrern Valeria Thurners gehörte und oft bei ihr zu Gast war. Die Gerüchteküche im Atelier brodelte heftig, ohne jemals handfeste Beweise geliefert zu bekommen.

In dieser Situation war Samuel Pearson auf eine blendende Idee gekommen und drückte sie mit begeisterungswürdigem Starrsinn durch. Er produzierte einen Film mit allen drei Stars und hoffte, dadurch die Spannungen aufzufangen.

Der verwegene Plan schien nicht aufgehen zu wollen, denn die erste Katastrophe war hereingebrochen.

Rodrigo Balenco drohte, seinen Vertrag mit Pearson zu lösen, wenn...

»Beruhige dich, Rod«, brummte Pearson jovial und schüttelte mißbilligend den Kopf. »Ich habe vorhin bei Valeria angerufen, sie ist nicht zu Hause.«

»Natürlich!« brüllte Balenco. »Sie ist mit dem Fatzken hinaus ins Grüne. Pearson, ich mache diesen Affenzirkus nicht mehr mit! Entweder wird hier gefilmt, und zwar nach Programm, oder diese göttlichen Stars machen, was sie wollen. Dann gehe ich eben zur ›Fox-Film‹!«

»Fox-Film« war der schwache Punkt bei Pearson. Sein Gesicht bekam eine ungesunde Blässe, und seine Ohren wurden puterrot. Er sprang auf und machte drei Schritte auf Balenco zu.

»Rod, Mensch, nimm Vernunft an! Die Thurner hat heute aufnahmefrei...«

»Aber Combattier nicht...«

»Mein Gott, er kann durch irgendwas verhindert sein!«

»Natürlich, wer in den Armen einer schönen Frau liegt, ist immer verhindert!« kreischte Rodrigo.

Nun lächelte Pearson kaum merklich und klopfte dem erregten Schauspieler kameradschaftlich auf die Schulter.

»Auch du, mein Sohn?« sagte er gütig. »Hätte nicht gedacht, daß du eifersüchtig sein kannst. Na, wenn es dich beruhigt, kann ich Jules gleich nochmal anrufen lassen. – Ja, was ist denn?«

Ein Junge von der Telefonzentrale kämpfte sich gerade durch die Mauer der Kameraleute, Kulissenarbeiter, Beleuchter und Garderobieren. Atemlos stürzte er auf Direktor Pearson zu und hielt ihm wortlos, mit weit aufgerissenen Augen einen Zettel hin.

Mißmutig über die Störung nahm Pearson das Papier und überflog es. Dann stutzte er, schluckte, ein Zittern durchlief den großen, massigen Körper, und die Hand, die den Zettel hielt, sank schlaff herab.

Tiefe Stille lag plötzlich über der weiten Filmhalle. Alle gafften gespannt auf das Schauspiel, das ihnen der Chef bot.

»Jungs«, sagte Pearson endlich langsam, und seine Stimme klang spröde und zerrissen, »löscht die Lampen, baut ab und geht nach Hause. Etwas Furchtbares ist geschehen. Valeria Thurner ist tot!«

»Nein!« Balenco schrie auf und hielt sich an der Lehne eines Stuhls fest. Durch die weite Halle ging ein entsetztes Raunen. Die Schauspielerin Iren Shaw verfiel in haltloses Schluchzen und sank dann in gnädige Ohnmacht, was allerdings momentan niemanden interessierte.

»Doch! Heute morgen gegen halb zehn!«

»Unfall?« Balenco umklammerte die Stuhllehne so fest, daß sie verdächtig knackte. »Ist sie mit dem Wagen...?«

»Nein«, sagte Pearson leise. »Sie ist – ermordet worden!«

Eine Weile herrschte atemlose Stille. Ungläubig sahen sich die Menschen an. Und in diese Stille hinein gellte plötzlich die Anklage Rodrigo Balencos.

»Das war Combattier! Jules Combattier ist der Mörder!«

Er schleuderte den Stuhl in die aufgebauten Kulissen, brach durch die entsetzt herandrängenden Menschen und rannte aus dem Atelier. Vergeblich schrie ihm Samuel Pearson nach stehenzubleiben.

Nacheinander verloschen die schweren Scheinwerfer. Die weite Halle lag im fahlen Halbdunkel. Iren Shaw war in der Zwischenzeit wieder zu sich gekommen und verließ, grau im Gesicht, mit allen anderen wie betäubt das Atelier. Samuel Pearson schloß sich in sein Büro ein.

Valeria Thurner tot – und Combattier als ihr Mörder

verdächtigt! Morgen stand das in allen Zeitungen. Damit war die »Pearson-Film« am Ende! Das Publikum verurteilt schnell.

Samuel Pearson war von Combattiers Unschuld überzeugt. Er kannte Jules und hielt ihn für einen liebenswürdigen jungen Mann, der eine Schönheit anbetet, aber sie ganz sicher nicht aus Eifersucht vernichtet. Er war ein echter Franzose, der es noch verstand, Liebe einfach zu träumen.

Und doch – Valeria Thurner war ermordet worden! Ein Mensch hatte sie getötet. Ein Mensch ohne Herz!

Und je länger Samuel Pearson nachdachte, um so merkwürdiger fand er es, daß ihm der Name Rodrigo Balenco nicht aus dem Sinn wollte.

3

Patrik McJohn war sich unschlüssig, wo er den Abend verbringen sollte. Einen Augenblick spielte er mit dem Gedanken, Valeria mit dem Wagen abzuholen und in einen der Night Clubs auszuführen. Aber dann verwarf er den Gedanken wieder, denn die fremde Stimme am Telefon hatte ihm den bisher unbekannten Stachel der Eifersucht tief eingepflanzt. »Wenn Valeria anderen Männern ihre Liebe schenkt, ziehe ich mich selbstverständlich zurück«, knurrte er und studierte verdrossen die Theaterhinweise der New York Times. Endlich beschloß er, in die Oper zu gehen, als die Türglocke läutete. Da er sowieso nun gerade das Haus verlassen wollte, öffnete er selbst und betrachtete verblüfft die zwei grau gekleideten Herren, die sich als Beamte der Mordkommission auswiesen.

»Sie sind Dr. Patrik McJohn?« fragte Inspektor Jacklow ohne lange Einleitung und betrachtete ihn von oben bis unten. Netter Kerl, dachte er, schade...

»Ja«, antwortete Patrik erstaunt, und leichtes Unbehagen kroch in ihm hoch. »Darf ich fragen...?«

»Ist das Ihr Wagen, der da vor dem Haus steht?«

»Ja. Ich wollte gerade in die Oper.« Er musterte die beiden Männer abwartend.

»So, so. Darf ich wissen, wann Sie Mrs. Valeria Thurner zuletzt sahen?«

Eisiger Schrecken durchzuckte jetzt McJohn. Sofort dachte er an die fremde Stimme am Telefon.

»Heute morgen, gegen halb zehn...«, stammelte er heiser. »Warum...?«

»Gegen halb zehn wurde Valeria Thurner in ihrem Badezimmer ermordet!«

»Nein!« Patrik schaute ihn mit weit aufgerissenen Augen an. Kalter Schweiß trat ihm in winzigen Perlen auf die Stirn.

»Wir haben festgestellt, daß Sie Valeria Thurner als letzter lebend sahen. Sie verkehrten oft bei ihr?«

»Ja!« stöhnte McJohn.

Inspektor Jacklow nickte. Lieutenant Collins trat heran, nahm ein Paar Handschellen aus der Tasche und ließ sie um die Handgelenke Patriks schnappen. Fassungslos wollte er sich dagegen wehren, aber Jacklow brachte ihn sofort zur Ruhe.

»Dr. McJohn, ich verhafte Sie wegen Mordverdachts an Valeria Thurner und mache Sie auf Ihre Rechte aufmerksam...«

»Stop!« rief Patrik nun wütend. »Das ist doch albern, was Sie hier treiben. Ich bin unschuldig!« Er zerrte an seinen Fesseln. »Bei Gott, ich schwöre es: Ich bin unschuldig!«

»Das wird sich herausstellen«, sagte Jacklow ungerührt und betrachtete Patrik kritisch. »Wenn wir erst einmal wissen, *wie* sie ermordet wurde...«

»Man weiß nicht...?« Patrik war nicht fähig, den Satz zu Ende zu bringen. Der Inspektor schüttelte den Kopf.

»Nein. Es ist der rätselhafteste Fall, der mir je untergekommen ist. Aber Sie haben doch Valeria Thurner zuletzt gesprochen?«

Patrik McJohn hatte in dem Moment die wohl vernünftigste Idee. »Ich sage nichts ohne meinen Anwalt aus. Sie können mich schließlich nicht wie einen Vagabunden abtransportieren.«

Milde lächelnd schob der Inspektor ihn zur Haustür hinaus. »Wir können, mein Bester. Und Ihren Anwalt rufen Sie von unserer Dienststelle aus an.«

Damit war Patrik McJohn abgeführt.

Der riesige Polizeiapparat New Yorks begann sich mit ausgeklügeltster Präzision abzuspulen.

Zunächst geschah etwas, das die Betroffenen fast zum Platzen brachte: Jegliche Berichterstattung in den Massenmedien über diesen Mord war verboten! Die große Sensation mußte geheimgehalten werden! Die Reporter, die schon Wind von der Sache bekommen hatten, tobten. Aber die Begründung dieses Verbotes war klar und eindeutig: Der Mord war so undurchsichtig, daß eine Bekanntgabe der polizeilichen Vermutungen den Mörder warnen könnte. Darüber hinaus – und das war die eigentliche Sensation – stritten sich die Mediziner nach der Obduktion der Leiche darum, ob es tatsächlich Mord oder ein natürlicher Tod war!

Die mit dem Fall Beauftragten standen vor einem schier unlösbaren Problem. Inspektor Jacklow gab am nächsten Tag eine vorläufige Bestandsaufnahme vor seinem Vorgesetzten, dem Captain, ab.

»Am 17. Mai, um halb fünf Uhr nachmittags, erhielten wir den Anruf von der Hauswirtin Valeria Thurners, daß sie soeben Mrs. Thurner sterbend in ihrem Badezimmer entdeckt habe. Jede Hilfe kam zu spät.« Er blätterte in dem neu angelegten und jetzt schon umfangreichen Aktenstück. »Ich leitete sofort die Ermittlungen ein und war um zwanzig vor fünf Uhr nachmittags am Tatort. Mrs. Thurner lag leblos und nackt auf den Fliesen ihres Badezimmers vor der gefüllten Wanne. Das Fenster des Badezimmers stand offen. Es führt auf einen kleinen Hof mit kleinen Fenstern, die zu den Toiletten der Nachbarhäuser gehören. Nach Aussagen der Hauswirtin war die Wohnungstür von Mrs. Thurner nicht abgeschlossen. Auf der Suche nach Mrs. Thurner öffnete sie auch die Badezimmertür. Dort lag der Körper von Mrs. Thurner. Er war trocken und das Wasser erkaltet. Wir folgern daraus, daß Mrs.

Thurner stundenlang unter qualvollen Schmerzen auf dem Boden lag und sich nicht bemerkbar machen konnte. Die Hauswirtin entdeckte sie zufällig, weil sie sich für einen Besuch Mrs. Thurners kleinen Teesamowar leihen wollte.

Laut ärztlicher Untersuchung und nach Obduktion der Toten wurde festgestellt, daß sich in der linken Brustseite über dem Herzen ein Einschuß von zwei Millimetern Durchmesser befindet, der jedoch – das erste Rätsel – keinerlei Blutspuren aufweist. Der Tod trat durch innere Verblutung ein, da das Geschoß die Herzkammer aufriß und so einen langsamen Tod herbeiführte. Das Geschoß aber – und das ist das zweite unerklärliche Rätsel – *fehlt!* Ein Ausschuß ist *nicht* vorhanden! Das Geschoß hätte also im Körper sein müssen, falls es ein Mord durch Erschießen war. Aber die Ärzte haben kein Projektil gefunden, obwohl die Todesursache einwandfrei gewaltsam war!

Die medizinische Wissenschaft ebenso wie wir Kriminalisten stehen hier vor einem unlösbaren Rätsel. Der Schuß – wenn es einer gewesen ist – muß nach ärztlichem Gutachten gegen halb zehn Uhr vormittags abgegeben worden sein und eine nach kurzer Zeit eintretende Ohnmacht zur Folge gehabt haben. Immerhin reichte die Zeit vom Schuß bis zum Zusammenbruch aus, daß Mrs. Thurner aus der Wanne steigen konnte. Kleine, noch nicht abgetrocknete Bodenpfützen beweisen das. Daraus folgern wir logischerweise, daß die Tote bereits in der Badewanne saß, als der Schuß fiel, oder daß sie gerade aus der Wanne steigen wollte. In der Zeit von halb zehn vormittags bis halb fünf nachmittags ist der Körper natürlich durch die Luft getrocknet worden.

Nach Aussagen der Hauswirtin und des Hausmeisters war Mr. Patrik McJohn zuletzt gegen halb zehn Uhr in der Wohnung Mrs. Thurners. Er verließ sie kurz vor halb zehn und fuhr nach Hause. Ab zehn Uhr hat er durch sein Hauspersonal und seinen Club ein lückenloses Alibi. Mr. McJohn ist Patentanwalt und der Freund der Toten. Ein Tötungsmotiv aus Eifersucht liegt nahe. Ich habe ihn deshalb gestern abend noch verhaftet, um einer Flucht vorzubeugen. Mr. McJohn leugnet, die Tat begangen zu haben. Der Hausmeister bestätigt, daß er bei McJohns Fortgang noch das Lachen von Valeria Thurner aus der Wohnung gehört habe.

Soweit unsere Ermittlungen der letzten Stunden. Wir stehen hier vor einem der rätselhaftesten Mordfälle der Kriminalgeschichte: eine Tote mit Schußverletzung, innerer Verblutung, keinem Ausschuß und keinem Geschoß im Körper. Ohne Motiv, ohne handgreiflichen Verdacht, ohne Spuren. Einfach gar nichts, außer einer Erschossenen ohne Geschoß. Die Briefe, die wir auf dem Schreibtisch und im Badezimmer fanden, sind sichergestellt und werden momentan ausgewertet. Ich kann aber die Lage schon soweit überblicken, um zu sagen: Es bleibt ein ungeklärter Mord!«

Der Captain sah Jacklow und Collins stirnrunzelnd an.

»Sie bekommen jegliche Unterstützung«, sagte er dann. »Jacklow, Sie *müssen* den Täter fangen! Es geht um unseren Ruf!«

Inspektor Jacklow zuckte die Achseln und sagte leise: »Ich versuche alles, habe aber nicht viel Hoffnung.«

Die Auswertung der Briefe ergab das übliche Bild der Filmstarpost: Autogramm-Bitten, Bildsendungen, Heiratsanträge, Werbeprospekte, Kollegen-Korrespondenz, Interview-Anfragen und Ausschnitte aus Tageszeitungen, die sich mit Valeria Thurner beschäftigten. Dazwischen lagen einige belanglose Briefe von Bekannten und Verwandten und mehrere Zeitungen, die Valeria Thurner abonniert hatte.

Inspektor Jacklow und sein Assistent, Lieutenant Michael Collins, standen vor dem absoluten Nichts. Wenn es auch undenkbar schien, daß Valeria Thurner grundlos erschossen worden war, so sahen sie doch nirgendwo einen Anhaltspunkt, zumal Patrik McJohn nachweisen konnte, daß sein Verhältnis zu der Filmschauspielerin herzlich und freundschaftlich gewesen war und er am 17. Mai gegen halb zehn Uhr die Freundin gesund und munter verlassen hatte.

»Wer sagt überhaupt, daß sie erschossen wurde?« meinte Collins und blätterte durch die Fotografien. »Eine innere Verblutung braucht nicht von einem Schuß herzurühren.«

Inspektor Jacklow sah ihn giftig an und nahm ihm das Aktenstück aus der Hand. »Michael, fangen Sie jetzt nicht auch noch an, mich nervös zu machen. Mir reicht's! In der Brust war deutlich ein Einschuß!«

»Aber im Körper ist kein Geschoß!«

»Das ist es ja, was mich wahnsinnig macht! Ein Geschoß kann doch nicht einfach im Herzen verschwinden!«

»Und es steht fest, daß die Wunde an der Brust unzweifelhaft ein Einschuß ist?«

»Allerdings! Das heißt...« Er hielt verblüfft inne, weil ihm plötzlich etwas einfiel, das er längst hätte zu Ende denken müssen. »So sicher ist das nicht. Die Wunde zeigte kein Blut! Auch wenn der Stich durch ein noch so dünnes Stilett erfolgt wäre, muß die Stelle bluten. Jedenfalls war die Herzkammer zerstört, und das kann ja wohl nur gewaltsam erfolgen.« Er hieb die Faust auf den Tisch und zuckte dann resigniert mit den Schultern. »Was hilft das alles? Wir drehen uns im Kreise. Fest steht, daß wir nichts wissen und vor einem einmaligen Rätsel stehen.«

»Man müßte einmal die Kollegen Mrs. Thurners genauer betrachten«, meinte Collins nach einer kurzen Pause. »Vielleicht entdeckt man bei ihnen einen Anhaltspunkt. Ich habe mir eine Liste der jetzigen Partner geben lassen. Rodrigo Balenco, Jules Combattier und die reizende Iren Shaw.«

Inspektor Jacklow verzog die Mundwinkel und schaute seinen Assistenten strafend an. »Collins, wollen Sie durch blöden Atelierklatsch einen Mord klären? Ich hätte Sie für klüger gehalten. Aber fahren Sie von mir aus zur ›Pearson-Film‹. Ich werde wohl in den sauren Apfel beißen müssen und die Presse freigeben. Vielleicht kann uns das Publikum helfen.«

Michael Collins kam nicht mehr zu einer Antwort. Es klopfte, und geführt von einem Polizisten betrat ein kleiner, dürrer Mann in abgetragenem Anzug das Zimmer, sah sich scheu um und näherte sich vorsichtig dem Tisch.

»Verzeihen Sie, wenn ich den Herrn Polizisten bat, mich zu Ihnen zu führen«, fing er plötzlich gar nicht mehr ängstlich an, bevor der Beamte eine Meldung machen konnte. »Aber ich halte es für meine Pflicht, Ihnen meine Beobachtungen mitzuteilen. Ich bin nämlich sozusagen der Nachbar von Mrs. Thurner und erfuhr, daß sie gestern ermordet worden ist. Die Hinterfront meiner Wohnung stößt auf den Hof, den die Hinterfront von Mrs. Thurners Wohnung bildet.«

»Ja, und?« Inspektor Jacklow fühlte sich gelangweilt. Den aufkeimenden Gedanken, den Besucher hinauszuwerfen, führte er aber höflicherweise nicht aus.

»Tja, und in meiner Wohnung lebte zwei Monate als Untermieter ein junger Herr, der seit gestern ohne Abmeldung mit seinem ganzen Gepäck verschwunden ist.«

»Ach!« Rasch blickte Jacklow zu Collins hinüber und mußte lächeln. Der gute Michael war schon dabei, die Aussagen des Mannes mitzustenografieren.

»Ja, die Miete hatte er auf den Tisch gelegt, sonst nichts. Keinen Zettel, keinen Brief. Ich stand vor einem Rätsel. Aber jetzt kommen mir Bedenken. Ich sah in dem Zimmer des jungen Herrn lauter Bilder von Mrs. Thurner, auch eines mit einer persönlichen Widmung.«

»Das wäre noch kein Beweis.«

»Nein, aber dann fiel mir auf, daß der Herr einen merkwürdigen Einkauf tätigte. Ich bin Spielwarenhändler und verkaufte ihm vor acht Tagen ein gutes Luftgewehr. Zuerst dachte ich: Was macht ein erwachsener Mann mit einem Luftgewehr? Aber dann sagte ich mir: Vielleicht hat er einen kleinen Neffen. Jetzt kommt mir das merkwürdig vor.«

Inspektor Jacklow hatte sich bei der Erwähnung des Luftgewehrs gespannt nach vorne gebeugt, doch nun ließ er sich wieder zurücksinken und stützte den Ellenbogen auf die Stuhllehne. Mit Luftgewehren schießt man kleine Bleikugeln ab oder spitze, gefiederte Geschosse. Im Körper der Toten hatte man jedoch *nichts* gefunden!

»Ihre Aussage ist interessant, Mr. ...?«

»Vaeso!« beeilte sich der Kleine hinzuzufügen.

»Mr. Vaeso. Wir werden das nachprüfen. Wie ist der Name Ihres geflüchteten Untermieters?«

»Jack Fenton, angeblich aus Alabama.«

»Danke für Ihren Besuch, Mr. Vaeso.«

Als Mr. Vaeso den Raum verlassen hatte, wandte sich Jacklow an Collins. »Wie immer der große Unbekannte! Michael, fahren Sie ins Atelier, ich sehe mir nochmals das Haus und dann diesen Mr. Vaeso und seine Wohnung an.«

Als Michael Collins in der Kantine der »Pearson-Film« erschien, hatte er seine Verhöre fix und fertig fein säuberlich ausgearbeitet. Nach einem prüfenden Blick über die erregte Menge fand er es jedoch klüger, sich zuerst mit dem Chef des Ganzen in Verbindung zu setzen. Er traf Samuel Pearson völlig gebrochen in seinem Büro an. Collins' Polizeiausweis ließ ihn jedoch von seinem Sessel hochschießen, und die ganze angestaute Wut brach aus ihm heraus.

»Weg!« schrie er, »einfach weg! Alle zwei! Mitten in den Aufnahmen, das kostet mich dreihundertsiebzigtausend Dollar. Das ist die Pleite, die absolute Pleite! Was übrig bleibt, ist ein Strick, um mich daran aufzuhängen! Diese Blamage, diese Gemeinheit... mitten in den Aufnahmen!«

Michael Collins fühlte ein merkwürdiges Kribbeln in seinen Adern. Zusammenhänge, gewagte Gedankenassoziationen jagten durch seinen Kopf. Wenn sich hier eine Linie verfolgen ließ, dann hätte man ja endlich eine Spur! Eine unverhoffte, phantastische Spur!

»Wer ist denn weg?« fragte er möglichst sanft und schaute sogar mitfühlend.

»Wer?!« brüllte Samuel Pearson. »Jules Combattier und Iren Shaw!«

»Ach! Das ist aber interessant!«

»Und der Balenco ist auch verrückt geworden! Er rast durch New York und sucht Combattier. Er hält ihn für den Mörder Valerias.«

»Was?« Collins war aufgesprungen und hatte Mühe, sich zu beherrschen. »Wie kommt Balenco dazu, einen solchen Verdacht zu äußern?«

»Eifersucht! Hirnverbrannter Neid! Combattier war mit der Thurner befreundet, während Rodrigo jämmerlich bei ihr abblitzte.«

»Und Iren Shaw?«

»Ist eine Freundin von Valeria gewesen. Bei der Nachricht von ihrer Ermordung fiel sie in Ohnmacht.«

»Und beide sind seit heute verschwunden?« fragte Collins und fühlte einen wilden Triumph in sich aufsteigen.

»Abgerückt! Ja! Mitten in den Aufnahmen! Gemeinsam eine Fahrt ins Blaue, die mich gute dreihundertsiebzigtausend Dollar kostet! Eine Schweinerei ist das!« brüllte Samuel Pearson und begann vor lauter Wut zu schwitzen.

In Michael Collins' Kopf wirbelten die Gedanken. Combattier und Iren Shaw waren Freunde der Thurner. Balenco bezichtigte Combattier des Mordes, worauf beide am nächsten Tag die Flucht ergriffen. Das war verdächtig.

Aber noch sah er keinerlei Motive in der Gedankenkette.

»War Iren Shaw auf Mrs. Thurner eifersüchtig?« fragte er.

»Nein«, antwortete Pearson etwas ruhiger. »Iren und Jules verkehrten bei ihr, und Iren duldete es, daß Jules der Thurner den Hof machte. Es hat nie Streit zwischen den dreien gegeben.«

»Und Sie halten das auch für ausgeschlossen?«

»Aus Eifersucht? Bestimmt!«

Collins dachte einen Augenblick nach. Wer kennt schon genau das Seelenleben einer Frau? Die sanfteste Dulderin kann einmal zur schrecklichsten Rächerin werden. Denn die Grenzen des Leidens sind fein gezogen und so leicht zerreißbar wie ein kunstvolles Spinnennetz.

»Ich möchte mal mit Rodrigo Balenco sprechen«, schloß Collins seine Überlegungen laut ab.

»Balenco? Der rast durch die Landschaft und sucht Combattier. Wenn Sie Glück haben, treffen Sie ihn in seiner Wohnung. Hier haben Sie seine Adresse.«

Samuel Pearson schob ihm eine Personalliste zu, und Collins schrieb sich die Adresse heraus. Gleichzeitig notierte er sich die Adresse von Iren Shaw und schnappte vor Verwunderung nach Luft, als er las, daß Jules Combattier mit Iren Shaw in einer Wohnung lebte!

Leise pfiff Collins durch die Zähne. Das Motiv für eine Mordtat begann langsam Gestalt anzunehmen. Sollte das wirklich der Kern des Rätsels sein – ein Mord durch einfache Eifersucht? Tausendmal geschehen, eine Alltäglichkeit?! Der Gedanke enttäuschte Collins, und auch die Täterschaft Iren Shaws befriedigte ihn nicht. Er dachte an den fremden jungen Mann mit dem Luftgewehr, an die Schußwunde ohne Geschoß, und das Bild verschob sich wieder, wurde verworren, unklar und sinnlos. Was blieb, war ein undurchdringliches Geheimnis.

Und doch spürte er hier irgendwo eine Linie, einen für ihn noch verborgenen Zusammenhang. Zunächst verschob er seinen Besuch bei Balenco und nahm statt dessen Iren Shaws Wohnung vor. Von dort wollte er versuchen, ein Stückchen von dem Knoten der Vermutungen zu ordnen.

»Darf ich mal telefonieren?« fragte er Samuel Pearson höflich und rief Inspektor Jacklow an.

»Ja, hier Collins, Chef. Ich muß noch einen kurzen Umweg machen. Scheint eine heiße Spur zu sein. Nichts Neues?«

»Doch, Michael!« Jacklows Stimme klang gehetzt. »Lassen Sie Ihre Spur für eine Stunde fallen und kommen Sie sofort zurück. Der Fall scheint die größte Sensation des Jahrhunderts zu werden!«

In der Leitung knackte es. Inspektor Jacklow hatte eingehängt. Einen Augenblick starrte Collins wie hypnotisiert auf den Hörer, warf ihn dann auf die Gabel, verabschiedete sich eiligst von Samuel Pearson und raste im Höllentempo zur Dienststelle zurück.

Während der wilden Fahrt verstärkte sich in ihm das Bewußtsein, daß er mit seinen Vermutungen goldrichtig läge.

4

Inspektor Jacklow und sein Vorgesetzter saßen vor einem enggeschriebenen Bericht und einigen mit farbigen Flüssigkeiten gefüllten Reagenzgläsern, als Lieutenant Collins hereinstürmte.

Er grüßte atemlos und berichtete kurz von seinen bisherigen Ermittlungen.

Als er geendet hatte, sahen sich Inspektor Jacklow und sein Chef begeistert an, und Jacklow schlug mit der flachen Hand auf den Tisch. Seine Augen glitzerten vor Freude.

»Licht«, sagte er. »Endlich Licht in dieser fatalen Dunkelheit! Michael, was Sie erfahren haben, paßt wie der Deckel auf den Topf, den wir eben gefunden haben. Wenn unsere Kombination zutrifft, kann ich den Fall Thurner in spätestens acht Tagen als gelöst melden! Das nenne ich eine saubere und schnelle Zusammenarbeit! – Sehen Sie mal!«

Er schob Collins die Reagenzgläser hin und las dazu aus dem vorliegenden Bericht vor.

»Untersuchung fünf, Obduktion der Leiche Valeria Thurner. Dr. Stinwell als Sachverständiger. Nach Öffnen der Herzkammer und Untersuchung der Verletzungen wurde im Herzen das Vorhandensein von ungewöhnlich viel reinem Wasser festgestellt. Die mikroskopisch-chemische Analyse des Wassers ergab, daß es sich hierbei nicht um den vom Körper sekretierten Wassergehalt handelt, sondern um reines, gewöhnliches Leitungswasser, dessen

Vorhandensein in der Herzkammer völlig rätselhaft ist. Siehe Glas 1–3.«

Inspektor Jacklow blickte Collins an, der ihn ungläubig anglotzte. »Nun, was halten Sie davon?« fragte er begeistert.

Collins schüttelte den Kopf. »Verrückt! Leitungswasser im Herzen! Wenn das in einem Roman stünde, würde man den armen Autor zwangsentmündigen!« Er betrachtete die Reagenzgläser und schüttelte wieder den Kopf. »Einfach toll«, murmelte er. »So etwas ist einmalig!«

»Hören Sie weiter, Michael«, sagte Inspektor Jacklow und nahm das Blatt wieder auf. »In der Leiche selbst wurden einwandfrei größere Mengen von Morphium, Kokain, Haschisch und einem Rauschgift festgestellt, das in Mexiko unter dem Namen Marihuana bekannt ist und in Verbindung mit Tabak durch Rauchen inhaliert wird. Die Untersuchung ergab, daß die Tote schon seit Jahren ständig Rauschgifte in größeren Mengen zu sich nahm und süchtig war. Sie ist als Morphinistin einzuordnen. Neue Ergebnisse betreffs des Einschusses wurden nicht gemacht. Das Geschoß im Körper fehlt. Eine Stichverletzung halte ich für ausgeschlossen.«

Sorgfältig legte Inspektor Jacklow den Bericht zu den Akten und betrachtete abwechselnd den Captain und den sehr nachdenklich gewordenen Collins. Aber Jacklow war noch nicht fertig mit seinen Ausführungen.

»Nun zu Ihnen, Collins«, sagte er bedächtig. »Sie wollen Iren Shaw unter die Lupe nehmen. Das wollte ich im Anschluß an unsere Unterredung auch tun. Kommissar Seech, der vorhin nochmals die Zimmer Valeria Thurners untersuchte, stellte einen geschnitzten Ebenholzkasten sicher, der verschiedene Pillen, Pulver und Ampullen enthielt – und eine kleine Hausapotheke. Aus dem Laboratorium kam soeben die Nachricht, daß es sich bei dem Inhalt dieses Ebenholzkastens um eine kostbare Sammlung fast aller Rauschgifte handelt, die heute bekannt sind, sogar das afrikanische Dagga ist vorhanden. Wert des Giftes: rund siebzehntausend Dollar! Und nun das Schönste: Der Ebenholzkasten – das hat die Hauswirtin als Augenzeugin bestätigt – ist samt Inhalt ein Geschenk an Valeria Thurner – von Iren Shaw!«

»Und Iren Shaw ist mit ihrem Geliebten, Jules Combattier, seit heute verschwunden!« ergänzte Collins entzückt. Jacklow nickte.

»Und der war ein enger Freund der Toten!«

»Ja! Und Rodrigo Balenco verfolgt sie. Und das nicht genug – er bezichtigt Combattier öffentlich des Mordes an Valeria Thurner!«

»Damit dürfte der Kreis geschlossen sein; das Motiv steht fest: Eifersucht und Streit um Rauschgift!« Inspektor Jacklow klappte das Aktenstück zu. »Bleibt nur noch zu klären, wie die Tat vollbracht wurde, womit und durch wen von den beiden. Michael!«

»Ja, Chef?«

»Lassen Sie sofort die Haftbefehle gegen Iren Shaw und Jules Combattier ausstellen! Alarmieren Sie die gesamte Bundespolizei, alle Dienststellen und Land-Stationen! Bilder von den beiden gibt es genug. Lassen Sie die Steckbriefe drucken und geben Sie die Bilder an alle Zeitungen der Staaten durch. Kinder, wir werden das saubere Paar jagen, bis ihm die Puste ausgeht!«

»Und Mr. McJohn?« fragte Collins mit glänzenden Augen. Er war unendlich glücklich.

»Ist sofort aus der Haft zu entlassen und öffentlich zu rehabilitieren! Bitten Sie ihn, daß er mir heute abend eine kurze Unterredung gewährt. Unterdessen gehen wir«, er wandte sich an den Captain, »wenn Sie Zeit und Lust haben, in die Wohnung der sauberen Iren Shaw und nehmen sie uns genau unter die Lupe. Möglich, daß wir dort weitere Hinweise finden. Wenn Sie alles erledigt haben, Collins, dann kommen Sie bitte in die Thurnersche Wohnung. Dort will ich mir nach dem Besuch bei Iren Shaw noch einmal das Mordzimmer ansehen.«

Der Captain legte Jacklow beide Hände auf die Schultern und sagte anerkennend: »Jacklow, Sie sind ein ausgesprochen schlauer Fuchs. Den Erfolg gönne ich Ihnen. Und Sie, Collins, werden eine Beförderung erhalten, sobald der Täter auf dem elektrischen Stuhl sitzt, das garantiere ich Ihnen! Ihre Arbeit, meine Herren, ist vorbildlich!«

In diesem Augenblick klopfte es. Ein Polizist trat ein und brachte einen Brief. Er war soeben unten beim Portier von einem kleinen Mädchen abgegeben worden. Inspektor Jacklow riß ihn auf, las und reichte ihn grinsend weiter. Auf dem großen Bogen standen in Maschinenschrift nur zwei Sätze: »Zum letzten Mal: Lassen Sie die Hände weg vom Fall Thurner! Ihre Spur ist falsch!«

Inspektor Jacklow tippte sich an die Stirn. »Jetzt erst weiß ich, daß sie richtig ist!«

Die kleine, schmucke Vierzimmerwohnung der Schauspielerin Iren Shaw lag nicht weit von der Polizeidienststelle entfernt, so daß Inspektor Jacklow und der Captain auf den Wagen verzichteten und zu Fuß gingen.

Der Portier des riesigen Mietshauses, der das Auftauchen von Kriminalpolizei grundsätzlich seinem stets schlechten Gewissen zuschrieb, erging sich zuerst in wortreichen Unschuldsbeteuerungen, bevor Captain Corner endlich seine eigenen Fragen dazwischenschieben konnte. Die Antworten ergaben, daß Iren Shaw bereits gestern abend fluchtartig das Haus verlassen habe. Sie war in eine vor der Tür wartende dunkelblaue Limousine, einen Ford, gestiegen und eilends davongefahren.

Inspektor Jacklow wechselte einen kurzen Blick mit seinem Chef. »Klarer Fall. Flucht wegen Mord oder Beihilfe zum Mord. Natürlich wird auch Jules Combattier ausgeflogen sein. Ich besorge mir sofort einen Durchsuchungsbefehl.«

Er trat in die Empfangsloge des nun sprachlosen Portiers und gab seinem Büro telefonisch die nötigen Anweisungen durch. Der noch immer eingeschüchterte Portier zeigte ihnen den Weg zu Iren Shaws Wohnung im ersten Stock und ließ sie in das sowieso unverschlossene Appartement eintreten. Methodisch durchforsteten die beiden Beamten sämtliche, im teuren Barockstil eingerichteten Zimmer.

Die Ausbeute war mager, warf aber die bestehenden Vermutungen über den Haufen. Im Schlafzimmer fand man in einem gering gesicherten Wandtresor, den Jacklow mit einem Dietrich öffnete, einige Schachteln Morphium-

Ampullen und drei Etuis mit Injektionsspritzen, ferner ein Kästchen mit Opiumrollen und kleine Dosen voll mit Dagga und Haschisch. In der ledernen Briefmappe auf dem Schreibtisch entdeckte Inspektor Jacklow einen handschriftlichen Zettel Valeria Thurners, in dem sie um weiteren »Stoff« bat und sich für die letzte »Lieferung« herzlich bedankte. Einige Liebesbriefe von Jules Combattier an Iren Shaw ergänzten die dünne Ausbeute der Untersuchung.

Enttäuscht ließ sich Inspektor Jacklow in einen Sessel fallen. In der Hand hielt er den Dankesbrief von Valeria Thurner an Iren Shaw.

»So gut wie nichts!« meinte er kopfschüttelnd. »Nur soviel wissen wir jetzt, daß alle drei stark rauschgiftsüchtig waren und früher oder später von ganz alleine mit uns in Konflikt geraten wären. Darum wahrscheinlich auch die Flucht Combattiers und Iren Shaws, die natürlich damit rechnen mußten, daß wir ihrem Rauschgiftkonsum auf die Spur kommen würden. Den Mordverdacht gegen die beiden muß ich wohl fallen lassen. – Ich sehe erstens kein Motiv, zweitens halte ich beide für nicht fähig, einen solchen Mord zu begehen, und drittens habe ich das unerklärliche Gefühl, auf dem falschen Dampfer zu sitzen. Ich bin fast geneigt, dem anonymen Schreiber von vorhin recht zu geben: Unsere Spur stimmt nicht! Oder sehen Sie das anders, Chef?«

Der Captain betrachtete eine Weile die Liebesbriefe Jules Combattiers, ehe er eine Antwort gab. Er war ein ruhiger, besonnener und klar denkender Mensch.

»Diese Liebesbriefe gefallen mir nicht. Es ist allgemein

bekannt, daß Combattier Valeria Thurner verehrte und sie heiraten wollte. Schreibt man dann Liebesbriefe an Iren Shaw? – Und wenn, dann trieb er ein gefährliches Doppelspiel. Man könnte es sich folgendermaßen zusammenreimen: Iren Shaw entdeckte den Betrug Combattiers, erwachte zu blindwütiger Eifersucht, stellte an jenem Morgen Valeria Thurner zur Rede und ermordete sie in einem Anfall von Wut und Enttäuschung. Als sie wieder bei Sinnen war, kehrte auch das Bewußtsein über die ungeheuerliche Tat zurück. Sie empfand Furcht und Schrecken, alarmierte Combattier, und beide flüchteten, um einer doppelten Anklage – Rauschgift und Mord – zu entgehen. Wie gesagt, man könnte es so sehen.«

Inspektor Jacklow nickte bestätigend, wiegte dann jedoch skeptisch sein Haupt. »Eine Lücke hat Ihr Gebäude, Captain. Zur Zeit der Tat stand Iren Shaw im Atelier vor der Kamera! Und Combattier saß beim Friseur und ließ sich neue Locken drehen. Soviel haben wir schon ermittelt. Lediglich zwischen halb zwölf und ein Uhr liegt bei beiden ein Zwischenraum, in dem der Mord hätte ausgeführt werden können. Um die Zeit aber war Valeria Thurner schon zwei Stunden verletzt oder hätte, selbst wenn sich alle Gerichtsärzte in der Mordzeit irrten, bestimmt nicht mehr in der Wanne geplanscht. Und doch besteht hier irgendwo ein Zusammenhang. Nicht direkt, aber indirekt. Eine Mitwisserschaft vielleicht oder eine Duldung des Mordes. Iren Shaw und Jules Combattier wissen auf jeden Fall mehr als wir. Hoffentlich führen wenigstens die Steckbriefe zu ihrer Festnahme!«

»Der Absendeort der Liebesbriefe ist Amarillo«, bemerkte der Captain staunend. »Was macht Combattier in Texas?« Er drehte die Briefe nochmals hin und her und schaute Jacklow fragend an.

»Das werde ich sofort nachforschen lassen. Möglich, daß er in der Nähe ein Landhaus hat. Und ebenfalls möglich, daß die beiden dahin geflüchtet sind. Und das wäre dumm für sie.«

Die beiden Männer wollten gerade die Wohnung verlassen, als das kleine weiße Telefon auf Iren Shaws Schreibtisch zu klingeln begann. Jacklow zögerte einen Augenblick, dann lief er hin, nahm den Hörer ab und meldete sich als Portier des Hauses. Michael Collins war am Apparat, erkannte gleich die Stimme Jacklows und berichtete in knappen Worten. Es war eine kurze Meldung, die Jacklow jedoch sehr nachdenklich den Hörer auf die Gabel legen ließ. Erwartungsvoll sah ihn der Captain an.

»Nun?« fragte er, als Jacklow noch immer beharrlich schwieg. Der Inspektor atmete tief durch.

»Etwas, Chef, was alles wieder umwirft. Unter den Papieren, die man in der Thurner-Wohnung sicherstellte, war ein handschriftliches Drohschreiben. Es ist der Brief eines Mannes, der Valeria Thurner den Tod ankündigt, wenn sie seine Werbungen nicht erhören würde. Der Brief ist neuesten Datums. Hier wäre das Motiv: pathologische sexuelle Erregung und Mord im Affekt dieser unerfüllten Sexualität. Mit anderen Worten: Mord aus Rache!«

»Und wer kennt den Schreiber?«

»Collins sagt, der Brief sei unterzeichnet mit Jack Fenton.«

»Wer ist denn das nun wieder?«

»Völlig unbekannt! Das typische Auftauchen des ›großen Unbekannten‹. Und immer in dem Moment, in dem man meint, kurz vor der Lösung zu stehen. Der Fall Thurner wird uns wohl noch etliches Kopfzerbrechen bereiten. Natürlich verfolgen wir auch diese Spur. Und was sehr eigenartig ist, wir sind bei früheren Ermittlungen schon einmal auf diesen Fenton gestoßen. Er wohnte bis gestern als Untermieter bei einem Spielwarenhändler, der seine Wohnung gegenüber der von Valeria Thurner hat. Und dieser Untermieter kaufte für seinen Neffen ein Luftgewehr. Soll ein jüngerer, harmloser Mann sein.« Da plötzlich richtete sich Inspektor Jacklow kerzengerade auf, starrte seinen Chef an und klatschte sich mit der flachen Hand vor die Stirn. »Ich Esel«, schrie er, »renne einer Iren Shaw nach, und dieser Fenton hat die Wohnung gestern fluchtartig verlassen, von deren einem Zimmer aus man sehr wahrscheinlich in das Badezimmer Valeria Thurners sehen kann! Ich Hornochse! Captain, wir müssen sofort zum Tatort. Ich glaube, wir haben endlich die richtige Spur gefunden!«

Sie rasten aus der Wohnung, hielten auf der Straße ein Taxi an und ließen sich in mörderischem Tempo zur 57. Straße chauffieren. Als der Wagen anfuhr, löste sich aus einer Mauernische die Gestalt eines jungen Mannes, der dem davonbrausenden Auto aufmerksam nachschaute, bis es um die nächste Ecke verschwunden war. Dann lief er in die entgegengesetzte Richtung und bog in eine Seitenstraße ein, wo ein kleiner offener Sportwagen stand. Mit einem Satz sprang er hinter das Steuer, schaltete den Motor ein, hieb auf den Gashebel und schoß davon in Richtung der breiten Ausfallstraße, hinaus aus New York.

Es war ein mittelgroßer junger Mann, mit blassem, schmalem Gesicht und kurzen schwarzen Haaren.

Jack Fenton...

Als Inspektor Jacklow und der Captain die Wohnung Valeria Thurners betraten, hatte Michael Collins bereits das Badezimmer auf den Millimeter genau ausgemessen. Der Abstand vom Fenster bis zu dem Platz, an dem man die Sterbende gefunden hatte, war ebenso berücksichtigt worden wie der Winkel von der Fenstermitte bis zur Herzgegend einer stehenden Person.

Inspektor Jacklow ließ sich zuerst aus der mitgebrachten Akte den verdächtigen Brief geben und las ihn aufmerksam durch. Er lautete:

»Sie Grausame!

Haben Sie kein Gefühl für die Not eines rettungs- und hoffnungslos Verliebten? Haben Sie kein Herz für den Schmerz eines glühenden Bewunderers? Ich weiß keinen Weg mehr, meiner Sehnsucht zu Ihnen zu entfliehen, als daß Sie mir – wie in einem Traum – nur eine Stunde Ihrer himmlischen Gunst gewähren oder von der Hand sterben, die Sie zurückstießen und die Sie nur streicheln wollte.

Grausame... höre... du wirst sterben... du hast ein Herz aus Eis... ich werde es aufbrechen... und das rote Blut, das ihm entquillt, wird es auftauen, und im Sterben, endlich, endlich mir allein gehören.

Ich werde dich töten aus Liebe.

Jack Fenton.«

Fred Jacklow pfiff leise durch die Zähne und reichte das

Schreiben dem Captain weiter. »Typischer Fall von krankhafter Sexualität, wie ich schon annahm«, erklärte er dabei. »Ein Irrer, der sich in die Idee verbohrte, die Thurner zu besitzen. Vor allem der letzte Abschnitt des Briefes verrät eine absolut irre Perversität. Wir haben es bei diesem Jack Fenton mit einem gefährlichen Psychopathen zu tun. Der Fall Thurner gewinnt an Konturen!«

Er trat zu Michael Collins und prüfte noch einmal die ausgerechneten Maße. Dann stellte er sich an das Fenster des Badezimmers und blickte hinaus auf den kleinen Hof mit den angrenzenden Häuserwänden.

Gegenüber dem Badezimmerfenster, ein wenig höher gelegen, befand sich in gerader Richtung ein schmales, enges, schlitzartiges Fenster, offensichtlich das Fenster eines Toilettenraumes.

Michael Collins, der neben Fred Jacklow stand, erriet die Gedanken seines Chefs und nickte zustimmend. »Der Mörder muß dort drüben durch den Schlitz geschossen haben«, raunte er. »Es ist der einzige Platz, von dem aus man direkt in das Badezimmer sehen kann und jemanden, der hier vor der Badewanne steht, mit Leichtigkeit erschießen könnte. Der Winkel und die Flugbahn stimmen genau mit dem Einschuß in der Leiche überein.«

Inspektor Jacklow spürte, wie das Blut schneller durch seine Schläfen pulste. Prickelndes Jagdfieber hatte ihn gepackt. Er fühlte sich kurz vor dem Ausgang eines bisher völlig verwirrenden Labyrinths.

»Wem gehört diese Wohnung?« fragte er, obwohl er die Antwort schon wußte. Aber die zu hören, mußte sein, denn er griff sich innerlich ans Hirn, daß er dem Hinweis nicht schon früher gefolgt war.

»Dem Spielwarenhändler«, antwortete Michael Collins prompt. »Bei ihm wohnte dieser Jack Fenton, der sich ein Luftgewehr kaufte und dann spurlos verschwand!«

»Stimmt – und mit diesem lächerlichen Luftgewehr, mit einem Spielzeug für halbwüchsige Jungs, wurde Valeria Thurner im Bad erschossen. Der Brief enthält Fentons Absicht, seine Flucht ist sein Geständnis! Lieutenant, Sie sind doch wieder sehr brauchbar gewesen – wir haben den Fall Valeria Thurner geklärt!«

»Geklärt?« Der Captain schüttelte den Kopf. »Lieber Jacklow, wir haben lediglich den Namen des angenommenen Mörders und ein plausibles Motiv. Aber wir haben weder den Mörder selbst noch die Mordwaffe, noch Beweisspuren, und erst recht kein Bild von Jack Fenton! Und was uns wohl alle am meisten interessiert: *Wo ist das tödliche Geschoß geblieben?* Auch ein Luftgewehr muß mit einem festen Körper gefüttert werden, damit es aktionsbereit ist.«

Inspektor Jacklow zupfte sich am Ohr und zog eine Grimasse. Michael Collins sah zur Seite und beschäftigte sich angelegentlich mit seinem Notizbuch. Peinliches Schweigen breitete sich aus.

»Das zu klären, ist Aufgabe der medizinischen Wissenschaft!« brachte Fred Jacklow endlich heraus. »Unsere Pflicht ist es, den Täter zu finden. Wir stellen lediglich die Tat fest. Die Ursache des Todes und das Auffinden eines Geschosses in einem ausschußfreien Körper ist Sache der Mediziner. Was von unserer Seite aus getan werden konnte, ist bis jetzt unternommen worden. Wir werden nun die ganze Welt in die Suchaktion nach Jack Fenton einschalten. Es soll keinen Menschen auf diesem Globus geben, dem seine Beschreibung und sein Name unbekannt bleiben. Und irgendwoher – von Verwandten, Bekannten oder Liebschaften – werden wir schon ein Bild dieses Burschen bekommen. Wir werden ihn so lange hetzen, bis er stolpert, das verspreche ich Ihnen, Captain!«

»Ich wünsche Ihnen alles Glück, Jacklow!«

»Besten Dank, Chef.« Inspektor Jacklow wandte sich zur Tür. »Ich glaube nicht, daß er schon weit gekommen ist.«

5

Die Suche nach Jack Fenton lief wie ein gut geöltes Uhrwerk ab. Aus Hunderten von scheinbar unwichtigen Verhören und Berichten las Fred Jacklow sich Teil um Teil eines Bildes von Jack Fenton zusammen und setzte es mit vielen tausend Unwichtigkeiten zu einem Wunderwerk ineinander, das die Gestalt des flüchtigen Mörders wie lebendig werden ließ.

Zunächst begann er die Verhöre mit der Vernehmung der Hauswirtin von Valeria Thurner. Die Miß, wie sie im ganzen Haus genannt wurde, war eine der im Aussterben begriffenen stattlichen alten Damen, deren Leben sich zwischen Moralphilosophie und Frauenrecht bewegte und die keine andere Passion besaßen, als abends geruhsam mehrere Partien Patiencen zu legen. Der Mord in ihrem Haus und das Verhör ihrer Person brachten ihren Lebensrhythmus völlig aus dem Gleichgewicht, so daß Inspektor Jacklow eine gereizte, streitlustige alte Dame antraf und die Vernehmung so kurz wie möglich gestaltete.

Ihre Aussage war dürftig und im Rahmen der Untersuchung unwichtig. Weder hatte sie einen Schuß gehört noch irgend etwas Verdächtiges bemerkt. Als sie am Nachmittag zu Mrs. Thurner ging, fand sie Valeria nackt und sterbend im Badezimmer. Sie hatte daraufhin den Hausmeister angerufen und auf dessen Rat die Polizei alarmiert. Alles weitere wäre ja den Herren bekannt. Im übrigen sei sie mit den Nerven total herunter und bedürfe dringend der Ruhe.

Inspektor Jacklow nahm darauf Rücksicht und stieg hinab zum Hausmeister.

Es gehört zum Beruf eines Portiers, neugierig zu sein. Da er im Hause als »Mädchen für alles« galt, blieb es nicht aus, daß er Situationen mitbekam, die man normalerweise gerne für sich behalten hätte. Doch da Mr. Vaeso, er hatte denselben Namen wie der Spielwarenhändler, zu der seltenen Kategorie des verschwiegenen Portiers gehörte, nahm man ihm seine »Anteilnahme« an fremden Dingen nicht übel, sondern weihte ihn sogar manchmal als Vertrauensperson in delikate Angelegenheiten ein.

Bei Valeria Thurner jedoch versagte die Quelle seines Wissens. Mrs. Thurner, so sagte Mr. Vaeso aus, habe sehr zurückgezogen gelebt, selten Besuche empfangen und wäre eine stets freundliche, großzügige und stille Mieterin gewesen. Unvergessen würde ihm bleiben, daß sie ihm einmal zu Weihnachten eine Kiste mit fünfzig echten Havanna-Zigarren geschenkt habe. Er konnte sich an folgende Besucher erinnern: Iren Shaw, Samuel Pearson, Jules Combattier, Rodrigo Balenco, Patrik McJohn, einige Schauspielerinnen und dreimal ein ihm unbekannter junger Mann, der aber nur wenige Minuten oben geblieben wäre.

Inspektor Jacklow horchte auf. Auch Lieutenant Collins, der merkwürdigerweise in den beiden Papierkörben, die neben der Portiersloge standen, irgend etwas angeregt suchte, blickte auf.

»Ein junger Mann?« fragte Jacklow gespannt. »Wie sah er aus?«

Der Portier dachte kurz nach und räusperte sich. »Tja, das ist schwer zu sagen. Ich sah ihn immer nur flüchtig im Vorbeigehen. Einmal regnete es, da hatte er den Mantelkragen hochgeschlagen, und zweimal war es schon ziemlich dunkel. Also, er war mittelgroß, schlank, hatte schwarze Haare und ein auffallend bleiches Gesicht. Das ist mir deshalb in Erinnerung geblieben, weil ich dachte, daß er länger krank gewesen sein müßte. Und er hatte es immer sehr eilig.«

Inspektor Jacklow und sein Assistent sahen sich an.

Collins nickte zustimmend. »Die Beschreibung trifft genau auf den Jack Fenton zu, der vor kurzem bei dem Spielwarenhändler nebenan wohnte. Und von Jack Fenton stammt auch der Mordbrief!«

»Die Zusammenhänge sind klar«, setzte Fred Jacklow hinzu. »Wenn wir diesen Jack Fenton haben, können wir die Akte schließen!«

Collins, der weiterhin in den Papierkörben gesucht hatte, richtete sich nun triumphierend auf und trat näher. In der Hand hielt er einen Bieruntersatz und lächelte Inspektor Jacklow an. »Chef, Sie sind doch Spezialist für Bierdeckel. Betrachten Sie sich mal diesen hier.«

Der Lieutenant hob die kleine Pappscheibe hoch.

Fred Jacklow verzog angewidert das Gesicht. »Taramy-Bar am Broadway, Schund. Davon werden jeden Abend zweitausend Stück verbraucht!«

»Und doch lohnt sich ein Blick!«

Er reichte Jacklow den Untersatz und zeigte ihm die Rückseite. Uninteressiert sah Fred Jacklow sich den häßlichen Bierfilz an und riß dann wie elektrisiert die Augen auf.

Den weißen Rand, der die Werbung der Taramy-Bar umschloß, schmückten nervöse, unregelmäßige Buchstaben, die einen bemerkenswerten Hinweis ergaben:

»Heute morgen stirbst du... J. F.«

Inspektor Jacklow drehte den Bierdeckel nochmals in der Hand, ehe er seinen Assistenten entgeistert ansah. Collins hatte in der Zwischenzeit den Akt Thurner geöffnet und verglich die Schrift mit der des gefundenen Drohbriefes. Es war unverkennbar dieselbe Schrift.

»Das ist der irreste und vollständigste Mordbeweis, den ich je während meiner Berufslaufbahn gefunden habe«, sagte Fred Jacklow kopfschüttelnd. »In der Wohnung der Thurner standen die beiden Fenster zur Straße hin offen, als wir die Leiche fanden. Sowohl der Portier als auch die Hauswirtin bestätigten, nichts in der Wohnung verändert zu haben.« Er wandte sich an Mr. Vaeso, der ihm begierig zuhörte. »Wissen Sie, wie der Bierdeckel hier in den Papierkorb kam?«

»Ja, ich habe ihn selbst hineingeworfen. Er lag vor dem Schreibtisch von Mrs. Thurner. Ich maß ihm keine Bedeutung bei – wer sieht sich schon Bieruntersetzer an? Jeden Morgen habe ich Mrs. Thurner die Morgenpost gebracht und die Wohnung aufgeräumt. Viel war es nie, aber immer ein bißchen – wie an diesem Morgen jener Untersetzer. Und außerdem habe ich noch die dünnen Gardinen vor die weit offenen Fenster gezogen.«

Jacklow rieb sich mit dem Zeigefinger über die Nase. »Aber wieso«, das war an den Lieutenant gerichtet, »haben Sie so zielsicher die Idee mit dem Papierkorb verfolgt?«

Collins grinste. »Detektivglück, Chef. Außerdem gehört die Erforschung des Inhalts von Papierkörben zu meinen Hobbys. Sie ahnen gar nicht, wie unachtsam die Menschen mit belastendem Material umgehen.«

Jacklow kratzte sich nachdenklich am Kopf. »Ja, das ist sicher wahr. Ich fasse den bisherigen Stand der Dinge mal zusammen. Jack Fenton hatte kein Glück bei Mrs. Thurner. Er wurde wohl ebenso rasch wie ausdrücklich abgewiesen. Da beschloß er, sie zu töten, drohte ihr in einem Brief den Tod an, ließ ihr eine Frist und begann nach Ablauf der gesetzten Frist, systematisch den Mord vorzubereiten. Er fand für seine Zwecke eine Wohnung, von deren Toilettenraum aus er in das Badezimmer von Mrs. Thurner blicken konnte. Am Mordtag schleuderte er noch den Bierdeckel als letzte Warnung durch die weit offenen Fenster in Mrs. Thurners Wohnung. Die Schauspielerin aber bekam den Bierdeckel nie zu Gesicht, da kurz danach Mr. Vaeso das Zimmer aufräumte. Dr. McJohn besuchte sie während dieser Zeitspanne ebenfalls. Der Mörder hatte sich unterdessen mit einem Luftgewehr ausgestattet, mit dem er geräuschlos den schmalen Hof überschießen konnte. Er erschoß Valeria Thurner vom Fenster des Toilettenraums aus in dem Augenblick, als sie nackt ins Bad steigen wollte oder aus der Wanne stieg, um noch etwas Vergessenes zu holen. Dann rief er bei McJohn an, schrieb sinnlose Warnbriefe und flüchtete dann. Alles in allem ein gefährlicher Psychopath, dessen Auffindung dringendstes Gebot ist! Über das Motiv und die Ausführung der Tat dürften keine Zweifel mehr bestehen...«

»... wohl aber über das Mordinstrument!« fiel ihm Collins ins Wort. »Denn immer wieder taucht die Frage auf: *Wo ist die tödliche Kugel?*«

Inspektor Fred Jacklow verzog sein Gesicht und zuckte hilflos die Schultern. Auch Michael Collins war am Ende seiner Weisheit.

»Das zu klären, ist allein Sache der Mediziner«, brauste dann Fred Jacklow auf. »Ich bin Kriminalbeamter. Ich weiß nur soviel, daß dort ein Geschoß eindringt – siehe Einschuß –, aber nicht wieder herauskommt – siehe fehlender Ausschuß –, die Kugel also noch im Körper vorhanden sein müßte! Daß ein Stück Blei oder Eisen im menschlichen Körper einfach verschwindet und sich nicht finden läßt, gibt es einfach nicht! *Fehlt* aber das Geschoß im Körper der Toten wirklich, ist das, schlicht gesagt, einmalig!«

»Das Rätsel wird sich lösen, wenn wir erst Jack Fenton haben!« erwiderte Collins griesgrämig.

»Und wir werden ihn finden!« rief Fred Jacklow. »Und wenn es der Satan selber ist.«

Wieder arbeitete die Präzisionsmaschine der New Yorker Polizei mit Hochdruck. Verbrecherfotos, die man dem Spielwarenhändler vorgelegt hatte, brachten kein Resultat. Steckbriefe mit der Beschreibung Jack Fentons wurden in alle Teile der Erde versandt, die Zeitungen der ganzen Welt beschäftigten sich mit dem einmaligen Mordfall und riefen die Bevölkerung zur Mithilfe auf. Die Grenzen der USA wurden strengstens überwacht, jeder Abreisende wurde einer eingehenden Untersuchung unterzogen, vor den Küsten patrouillierten die Motorboote der Polizei und ließen auch den kleinsten Sportsegler nicht unbeachtet.

Nach zwei Tagen traf aus Amarillo die Nachricht ein, daß Jules Combattier und Iren Shaw in einem Landhaus verhaftet worden seien. An dem Mord waren sie nach eigener Aussage und festgestellten Tatsachen nicht beteiligt. Sie hatten nur den Kopf verloren, da ihre Rauschgiftvergehen an den Tag kommen mußten. Sie wurden nach den abgeschlossenen Untersuchungen über den Rauschgiftschmuggel nach New York überführt.

Inspektor Fred Jacklow lehnte sich befriedigt in seinem Stuhl zurück. Diese Sache wäre erledigt. Jetzt blieb nur noch Jack Fenton als Hauptverdächtiger. Zwar hatte er sich irgendwo verkrochen, doch er würde ihm nicht entkommen. Eines Tages würde er zur Rechenschaft gezogen werden und auf dem elektrischen Stuhl landen.

Aber wer ist Jack Fenton? Wer kennt ihn? Wer hat ein Foto von ihm? Wo hat er zuletzt gelebt? Wer weiß, wo er herstammt?

Jack Fenton, der Mann, den niemand kannte...

Die Steckbriefe und Aufrufe an die Bevölkerung waren vergeblich. Es schien auf der Welt nie einen Mann namens Fenton gegeben zu haben. Auf die äußere Beschreibung paßten auf der Erde mehr als zwei Millionen junger Männer. Die Suchaktion der Polizei verlief im Sande. Man fand keine Spur, keine Fingerabdrücke und besaß keinerlei Anhaltspunkte. Man hatte nichts als einen Namen, der allem Anschein nach auch noch falsch war.

Und doch lebte irgendwo ein Mensch, der auf geheimnisvolle Weise aus Rache und verschmähter Liebe eine der schönsten Frauen Amerikas erschossen hatte... von einem Toilettenfenster aus, mit einer Waffe, die kein Geschoß hinterließ... ein Mensch, der der Welt ein Rätsel aufgab. Wissenschaftler und Kriminalisten, Theoretiker und Praktiker waren sich nur in einem Punkt einig: Der Mord an Valeria Thurner war der geheimnisvollste Fall der gesamten Kriminalgeschichte!

Man hatte die Leiche auf das genaueste untersucht, sämtliche Organe auseinandergenommen, die unsinnigsten Theorien trotzdem verfolgt – aber nichts führte zu einer plausiblen Erklärung. Schulterzuckend gab man auf.

»Nichts!« hießen die ständigen Meldungen, die auf Inspektor Jacklows Schreibtisch flatterten, und »Nichts!« waren auch die Meldungen aller Polizeistationen, die in Tag- und Nachtdiensten jeden Verdächtigen systematisch überwachten.

Der Captain ließ sich nochmals von Inspektor Jacklow umfassend informieren. Es war kein schillernder Bericht, er erhärtete nur noch durch die Vernehmung der Bühnenarbeiter die Täterschaft von Jack Fenton. Nach Aussagen eines Beleuchters hatte sich einmal ein blasser junger Mann ins Atelier geschlichen, und er hatte ihn hinausgeworfen. Auch die Mitteilung eines Kulissenarbeiters, wonach er in einer verlassenen Seitendekoration einmal eine erregte Auseinandersetzung zwischen Valeria Thurner und einem unbekannten Mann gehört habe, die mit einer schallenden Ohrfeige geendet hatte, brachte die Polizei nicht weiter.

Fred Jacklow und mit ihm sein Assistent Michael Collins mußten sich eingestehen, daß sie trotz ihrer kriminalistischen Begabung versagt hatten und weitere Anstrengungen zwecklos waren.

Die Akte Valeria Thurner/Jack Fenton wanderte in den Tresor der ungeklärten Fälle. Man überließ die Lösung des Rätsels schweren Herzens dem Zufall.

Auch die Zeitungen interessierten sich nicht mehr für dieses Verbrechen. Die Welt war voll mit neuen Sensationen. In Europa sah es nach Krieg aus, die amerikanische Armee rüstete auf, die Stahlaktien schnellten in die Höhe, neue Flugzeugtypen wurden in Neu-Mexiko ausprobiert, der Boxkampf um die Weltmeisterschaft wurde von Joe Louis gewonnen, der Geschwindigkeitsrekord des Autos wurde gebrochen, ein Seebeben gebar in der Südsee eine neue Insel, die Preise für Mais und Zucker fielen, Mr. James, der »König der Baseball-Spieler«, verunglückte tödlich, ein neuer Film mit Sonja Henie... Neue Schlagzeilen, neues Leben.

Der Fall Valeria Thurner geriet in Vergessenheit.

Nur einer wollte nicht aufgeben und bemühte sich, Licht in das Dunkel zu bringen – Patrik McJohn. Gleich nach seiner Entlassung hatte er auf eigene Faust versucht, aufgrund des vorliegenden Materials gezielte Ermittlungen anzustellen.

Doch auch Patrik McJohn scheiterte nach einem halben Jahr. Es gab einfach keine Hinweise mehr, die er hätte verfolgen können. Also widmete er sich erneut der anstrengenden Tätigkeit, das Vermögen seines Vaters sinnvoll zu verleben, ohne einmal vor dem Nichts stehen zu müssen, »...denn das ist die Kunst des Lebemanns, sein Kapital so anzulegen, daß die Ausgaben für seinen Luxus sich ausgleichen mit den Einnahmen seines mühelosen Geldverdienens!« Aber er vergaß Valeria Thurner nie.

Als das Jahr 1939 anbrach und die Gewitterwolken von Europa unheilverkündend auch über dem amerikanischen Kontinent auftauchten, als die Produktion der Geschütze höher wurde als die der Pflüge und Sämaschinen und die jungen Männer zur militärischen Ausbildung eingezogen wurden, dachte niemand mehr an den geheimnisvollen Tod der schönen Filmschauspielerin Valeria Thurner und ihren unbekannten Mörder Jack Fenton.

Ab und zu stand Inspektor Jacklow vor dem dicken Aktenbündel im Tresor und blätterte nachdenklich in den vielen, eng beschriebenen Seiten. »Ich verwette meinen Kopf, daß er nicht weit weg ist«, murmelte er dann. »Ich habe das Gefühl, daß er uns beobachtet und nicht aus den Augen läßt. Widerlich, so hilflos vor einem Verbrechen zu stehen!«

Und er schloß den Tresor wieder ab und warf die Schlüssel klirrend auf seinen Schreibtisch. Der Fall würde ihn sicher noch bis an sein Lebensende verfolgen.

6

Durch das mexikanische Bergland, entlang dem Gebirgsrücken der Sierra Mojada und dem Bolson de Mapimi, der Steppenwüste des Hochlands entgegen, bewegte sich an diesem frühen Junimorgen 1939 ein merkwürdiger Zug. Vier Lastesel, aneinandergekoppelt durch dicke Lederlassos, trotteten hinter zwei Reisenden her, deren schmutzige und vielfach zerrissene Kleidung nicht gerade an angesehene und ehrliche Reisende denken ließ. Der erste Reiter, ein braungebrannter, schwarzhaariger Mann mit dunklem, stets nervös umherirrendem Blick, wandte sich gerade seinem Begleiter zu, einem kleinen, drahtigen, schmierigen Mestizen, der sich wie ein Affe an sein hohes Reitpferd klammerte. Große, weitkrempige Strohhüte schützten beide vor der höllisch brennenden Mittagssonne.

»Lumubra«, sagte der erste Reiter und winkte den Mestizen herrisch heran. »Wie weit ist es noch bis Buena Vista? Ich habe diese verdammte Kakteenwüste satt, und außerdem geht unser Wasser zu Ende!«

»Kakteen enthalten Wasser genug«, grinste der Mestize einfältig und trabte heran. »Señor del Villeria brauchen nicht ungeduldig zu sein. Bis Mexiko-City sind es noch gut vierzehn Tage zu Pferd! Es wäre vielleicht besser, bald zu rasten und dann über Monterey nach Matamoros zu ziehen!«

»Red keinen Blödsinn!« antwortete Roberto del Villeria scharf und wandte sich ab. »Matamoros liegt mir zu nahe an der Grenze nach Texas. Ich bin nicht umsonst quer durch Mexiko gezogen, um zum Schluß den USA wieder näherzukommen. In Gottes Namen denn, noch vierzehn Tage durch diese Gluthölle von Wüste – aber bloß weg von der Grenze!«

Er sah nicht, wie der Mestize verschlagen feixte, sondern spornte sein Pferd an und trabte weiter durch die sonnenverbrannte Gegend.

Roberto del Villeria – niemand wußte, ob er tatsächlich so hieß – war trotz seines mexikanischen Aussehens das erste Mal in Mexiko, und zwar ohne Paß, Einreiseerlaubnis oder sonst einem Stempel des mexikanischen Konsulats von Arizona. Er war in einer sternenlosen Nacht der Einfachheit halber mit seinem kleinen Sportwagen in einer einsamen Gegend nahe der Stadt El Paso über die Grenze gefahren, hatte im Höllentempo den bewachten Schienenstrang der Süd-Pazifik-Bahn gekreuzt und hatte erst aufgeatmet, als er jenseits der Bahnlinie in die kleine, schmutzige mexikanische Stadt Banderas einfuhr und einem Kolonialwarenhändler sein Auto verkaufte. Von dem Erlös erstand er eine landesübliche Reisekleidung, zusammen mit einem riesigen Sombrero, vier Lasteseln und zwei billigen Reitpferden. Dann fand er in einer üblen Schnapsspelunke den mit der Umgebung vertrauten Lumubra, engagierte ihn als Führer bis nach Mexiko-City und war vor drei Wochen losgetrabt, verbissen, mutig und unerschrokken der zu überwindenden Entfernung gegenüber. In Chihuahua hatten sie vier Tage gerastet und Proviant und Wasservorrat in stabilen Kanistern aufgeladen. Nun hatten sie den Rio de la Conchos überquert und ritten durch die glühende Sonne durch das Hochland des Bolson de Mapimi.

Roberto del Villeria trachtete danach, möglichst schnell nach Mexiko-City zu kommen, dort seine Finanzen auf irgendeine Weise aufzustocken und danach entweder nach Guatemala oder Costarica weiterzuziehen.

Warum er es so eilig hatte, möglichst weit weg von den Grenzen der USA zu gelangen, war unbekannt. Lediglich Lumubra hatte einmal beobachtet, daß Villeria in Chihuahua vor einem Plakat erschrak, das eine Belohnung von 1000 Dollar für die Ergreifung eines Jack Fenton versprach. Es war auffällig gewesen, wie schnell sie danach die Stadt verlassen hatten.

Verstärkt wurde Lumubras Mißtrauen durch eine Entdeckung, die ihm äußerst alarmierend erschien. Roberto del Villeria trug in seiner Satteltasche ein verschnürtes Paket, das er wie seinen Augapfel hütete. Während der Nachtruhe legte er sich den Sattel unter seinen Kopf, und manchmal, wenn Villeria wohl dachte, daß der Mestize schlief, setzte er sich an das noch glühende Lagerfeuer, öffnete das Paket und betrachtete völlig versunken etwas, was Lumubra nicht erkennen konnte.

Stumm ritten sie weiter durch die Hochebene, rasteten nach Einsetzen der stärksten Mittagshitze unter einer Riesenagave und setzten den Marsch erst am Spätnachmittag wieder fort. Als es Nacht und empfindlich kalt wurde, hielten sie in einem weitläufigen Kakteendickicht, sattelten ab und entluden die Tiere, entfachten aus dem herumliegenden Wurzelholz abgestorbener Agaven ein Feuer, brieten ein Stück Pökelfleisch und rollten sich dann, in wollene Decken gehüllt, am Feuer zum Schlafen zusammen. Es dauerte nicht lange, da verrieten tiefe, regelmäßige Atemzüge, daß Roberto del Villeria schlief.

Lumubra war noch hellwach und grübelte. Wenn ein Mann zu Pferd quer durch Mexiko zieht, die Eisenbahn meidet und allen größeren Siedlungen aus dem Wege geht, dann birgt er ein Geheimnis. Das Paket in der Satteltasche wollte ihm nicht mehr aus dem Sinn, und es setzte sich in ihm der Gedanke fest, daß darin die Lösung verborgen lag und er eventuell auf einen Schlag reich werden könnte. Denn daß es sich um Geld handeln mußte, war Lumubra sonnenklar.

Vorsichtig richtete er sich auf und blickte hinüber. Villeria hatte sich auf die rechte Seite gewälzt und schlief fest. Die Satteltasche lag offen neben seinem Kopf.

Leise, katzengleich kroch der Mestize heran. Tastend und die Tiefe des Schlafes prüfend, berührte er den Kopf Villerias und lächelte zufrieden, als er keinerlei Reaktion bemerkte. Mit beweglichen, flinken Fingern öffnete er den Verschluß der Tasche und zog mit einem leichten Ruck das in Ölpapier verschnürte Päckchen heraus. Dann wartete er einen kurzen Augenblick, ob Villeria nicht doch noch erwachte, kroch wieder zum Feuer und knüpfte die einfache Verschnürung auf. Das Ölpapier des Päckchens fiel auseinander...

Enttäuscht starrte Lumubra auf den Inhalt und schimpfte sich einen Vollidioten. Das Päckchen enthielt eine Reihe von Aufnahmen der bekannten Filmschauspielerin Valeria Thurner, etliche Zeitungsausschnitte vom vorigen Jahr, ebenfalls mit Bildern Valerias und anderer

Schauspieler, sowie eine Sammlung ausgeschnittener Artikel, die Lumubra nur schlecht wegen seiner mangelnden Englischkenntnisse entziffern konnte. Doch soviel verstand er, daß es sich um einen ungeklärten Mord an der Schauspielerin Valeria Thurner handelte, daß der Täter zwar bekannt, aber flüchtig sei und die Polizei seine Spur aufgenommen habe.

Lumubra warf einen prüfenden Blick auf seinen schlafenden Reisegefährten. Polizei! Verfolgung eines Mörders! Dieser Señor del Villeria war also ein Geheimagent der New Yorker Polizei und folgte der Spur eines Verbrechers! Eine Jagd durch Mexiko – und er, Lumubra, war der Führer dieses Herrn! Er allein hatte es in der Hand, ob der Señor den Täter entdeckte oder nicht! Er, der Mestize Lumubra, der sich vielleicht damit die 1000 Dollar Belohnung verdienen konnte! Welch ein Unmensch mußte der Mörder sein, der eine solch schöne Frau umgebracht hatte!

Stolz erfüllte den Mestizen. Vorsichtig schnürte er das Bündel wieder, schob es in die Satteltasche zurück und schloß sie, rückte sie nahe an den Kopf des Schlafenden und deckte seinen Herrn fürsorglich mit der verrutschten Wolldecke wieder zu. Dann schlüpfte er unter seine eigene Decke, dachte an die Ehre, die ihm zuteil geworden war, und schlief dann glücklich ein, zufrieden mit seinem Los und mit der Gewißheit, seinem Herrn in Mexiko-City die dunkelsten Viertel zeigen zu können, wo Verbrecher, Hehler, Mörder und Diebe untertauchten.

Majestätisch wölbte sich der Sternenhimmel über dem mexikanischen Hochland. Bizarr stachen die Konturen der Riesenagaven in das nächtliche Dunkel. Ein kicherndes Geräusch störte die kalte Stille.

Der Mestize Lumubra träumte von Mexiko-City.

Die Stadt Mexiko liegt herrlich im Hochland von Anáhuac – weiträumig, teilweise modern, mit breiten Straßen und Komfortbauten, aber auch riesigen Armenvierteln. Durch die Höhe von 2240 m ist das Klima zwar tagsüber heiß, aber gegenüber anderen mexikanischen Städten gemäßigt und angenehm. Der herrliche Chapultepec-Park und der Alameda-Park, sonntägliche Ausflugsziele der Mexikaner, sowie die schneebedeckten Vulkane Popocatépetl und Ixtaccihuatl geben dieser Stadt ihre pittoreske Schönheit.

Mexiko-City war durch die überstürzte Entwicklung der Jahrzehnte schon damals eine der größten Städte der Erde. Breite Prachtstraßen, öffentliche Plätze, eine Reihe von herrlichen Springbrunnen mitten im Stadtgebiet und großartige architektonische Meisterleistungen in Form von Kirchen und öffentlichen Gebäuden machten die Stadt zum Herzen von ganz Mexiko.

Doch so herrlich die alte Kultur, die breiten Straßen und die komfortablen Neubauten zu betrachten sind – in der Altstadt, auf den Resten der ehemaligen Aztekensiedlung Tenochtitlan, drängen sich die stickigen, winkligen Gassen aneinander, verfallen die Häuser durch Altersschwäche und Schmutz und bröckeln die Lehmmauern weg unter den nächtlichen Schießereien betrunkener Banditen.

Hier, fern der öffentlichen, gepflegten Gartenanlagen

und Parks, lag, eingedrückt in den Schmutz der Gasse und angekauert an zwei schmaltürige Dirnenhäuser, die Wirtschaft des Pietro Maurillio. Das einfache Schild »Taberna« konnte nicht darüber hinwegtäuschen, daß diese Kneipe Treffpunkt von Dirnen, Zuhältern und anderen zwielichtigen Gestalten war. Manch ahnungsloser Fremde wurde hier um eine Erfahrung reicher. Statt einem versprochenen Schäferstündchen mit einer schönen Mexikanerin in dem dazugehörigen Hinterzimmer wurde er betäubt, ausgeplündert und irgendwo an einem anderen Ende der Stadt halbnackt ausgesetzt.

Das alles hinderte Pietro Maurillio natürlich nicht daran, den ehrenhaften Bürger zu spielen. Er zuckte zwar etwas mit der Augenbraue, als eines Abends vor seiner Tür vier Esel, zwei Pferde und zwei todmüde, zerlumpte Reiter hielten und um eine Unterkunft baten. Aber als der Mestize ihm ins Ohr flüsterte, sein Herr sei Geheimpolizist der Vereinigten Staaten, verlor Maurillio sofort seine Zurückhaltung und wies ihnen die besten Zimmer seines verwanzten Hauses an.

»Juana!« brüllte er durch die Spelunke und schritt würdig den Gästen voran. »Juana, Gäste... hohe Gäste... Caballeros, Juana!« Und zu Villeria gewandt, sagte er, ölig lächelnd: »Juana ist meine Tochter, Caballero. Eine Orchidee ist im Vergleich zu ihr verdorrtes Gras!«

Über die dunkle, steile Treppe huschte ein leichter Schritt, und mit fliegenden Röcken um den zarten, biegsamen Körper eilte Juana Maurillio herbei. Sie war gerade achtzehn Jahre alt geworden, glutäugig und schwarzlokkig, mit einer weißen Blüte im Haar. Ihre Haut schimmerte bronzefarben, was ihre indianischen Vorfahren verriet.

Einen Augenblick stand Roberto del Villeria wie vom Donner gerührt vor dieser unverhofften Schönheit, dann verbeugte er sich leicht und ließ sich von Juana hinauf in sein Zimmer führen. Pietro und der Mestize grinsten ihnen verständnisinnig hinterher.

Als die beiden auf dem oberen Treppenabsatz verschwunden waren, zog Maurillio den Mestizen grob zu sich heran. »Wer ist dieser Caballero?« zischte er. »Nicht, daß er mir die anderen Gäste – du weißt schon – vertreibt! Das ist mir sein Besuch nicht wert, verdammtes Mischblut!«

Der Mestize winkte beruhigend ab. Sein listiges Gesicht glänzte vor Freude.

»Señor del Villeria sucht einen Mörder, sonst nichts«, flüsterte er. »In New York wurde vor einem Jahr, im Mai 1938, ein Filmstar erschossen. Jetzt muß man entdeckt haben, daß der Täter hier in Mexiko ist, und Señor del Villeria will ihn zur Strecke bringen. Deine kleinen Gauner, Pietro, interessieren ihn nicht, wenn sie ihn nur in Ruhe lassen!«

»Ich werde ihn hüten wie meinen Augapfel«, versicherte der Wirt und steckte sich befriedigt einen Zigarillo an. »Juana wird schon gut auf ihn aufpassen ... in solchen Dingen sind die Mädels einfach unersetzlich!« Er feixte schmierig und rieb die Hände aneinander.

»Wäre eine tolle Sache, Mischblut. Ein Staatsdiener als Schwiegersohn eines Hehlers!« Er lachte schallend, schob seinen mächtigen Sombrero in den Nacken und schlenderte in die breite, mäßig belebte Schankstube. Grinsend folgte ihm Lumubra und ließ sich die Stallungen für die Tiere zeigen.

Unterdessen standen sich Juana und Roberto in dem engen Zimmer, dessen eines Fenster zum Hof hinausging, gegenüber und sahen sich abschätzend an. Es wirkte wie das Abtasten eines Gegners.

»Señor«, sagte Juana endlich und blickte zur Seite. »Hören Sie nicht auf meinen Vater. Suchen Sie sich ein anderes Gasthaus... Sie wissen nicht, wo Sie sind.«

»Und wenn ich es weiß und genau hier hin wollte?« fragte Roberto. »Wenn ich etwas zu verbergen hätte und einen Winkel suchte, wo ich mich verkriechen kann?«

Juana schüttelte den Kopf und betrachtete ihn aus warmen, unergründlichen schwarzen Augen. »Das täte mir leid«, sagte sie leise. »Sehr leid, Señor Roberto...«

Damit wandte sie sich rasch ab und verließ fluchtartig das Zimmer.

7

Nicht weit von Mexiko-City entfernt, einige Meilen hinter einem zu verlanden drohenden See, lag eine riesige Rinderfarm. Der Besitzer der weiten Ländereien und langgestreckten Gebäude war Marques Miguel del Bonueta, dessen sagenhafter Reichtum und ungeheure Brutalität ihn weit über Mexiko hinaus bekannt gemacht hatten. Er galt als ein Mann, bei dem es ratsam war, die gleiche Meinung zu haben wie er selbst. Im Volksmund hieß er nur »Marques«. Er verkehrte – und das wunderte niemanden – bei seinen häufigen Besuchen in Mexiko-City nur bei Pietro Maurillio und galt als ein zwar erfolgloser, aber um so hartnäckigerer Bewerber um die junge Schönheit der sich vor ihm ekelnden Juana.

Der Marques, ein großer, bulliger Mann mit dichtem, schwarzem Vollbart und Fäusten wie Schmiedehämmer, hatte seine Rinderfarm erst vor zehn Jahren gekauft. Reich und eingebildet tauchte er zu diesem Zeitpunkt das erste Mal in Mexiko auf. Als Farmarbeiter stellte er, zur allgemeinen Verwunderung der Bevölkerung, ausgerechnet jene Leute ein, die sich normalerweise vor ehrlicher Arbeit drückten und lieber in Kneipen und Bordellen ihr Unwesen trieben. Noch merkwürdiger aber war es, daß diese zwielichtigen Gestalten tatsächlich seiner Arbeitsaufforderung nachkamen. Die Überfälle auf den nächtlichen Autostraßen hörten ab diesem Zeitpunkt auf. Allerdings mehrten sich die klug durchorganisierten Einbrüche und Viehdiebstähle im Umkreis von Mexiko-City. Doch niemand wagte es, auch nur im entferntesten darin einen Einfluß des Marques zu vermuten.

Roberto del Villeria, der sowohl über Juana als auch von Lumubra von diesen Eigenschaften des reichen Rinderzüchters erfahren hatte, sattelte am nächsten Tag sein Pferd und ritt allein der Farm entgegen, um – wie er Maurillio sagte – einmal das Land kennenzulernen und möglicherweise Arbeit zu finden.

Als Villeria in den weiträumigen Hof des Herrenhauses eintritt, lief ihm gleich der sehr junge Verwalter des Gutes entgegen und fragte nach dem Grund seines Besuches.

»Ich möchte den Caballero Marques sprechen«, sagte Villeria und sprang aus dem Sattel. »Melden Sie ihm den Caballero Roberto del Villeria aus Veracruz. Ich habe wenig Zeit!«

»Sofort, Señor!« Der Mann verbeugte sich und verschwand im Haus.

Mit Kennerblick sah sich Villeria in dem Hof um. Vor ihm lag das einstöckig gebaute Herrenhaus, links und rechts die Gesindehäuser aus luftgetrocknetem Lehm und roh gebrochenen Steinen. Den Abschluß des Vierecks bildeten die Ställe für die Pferde. Ein breites Tor war der einzige Ein- und Ausgang in den weiten Hof.

Es dauerte nur wenige Minuten, bis der Verwalter zurückkam und Villeria durch ein Gewirr von Fluren und Zimmern in den Arbeitsraum des Marques führte. Dort ließ er ihn stehen und entfernte sich schnell.

Villeria war allein in dem großen, hellen Raum und betrachtete gelangweilt den sanft schnurrenden Propeller des Ventilators, der mitten im Zimmer von der Decke hing. Plötzlich kroch das unangenehme Gefühl in ihm hoch, beobachtet zu werden. Um seine Nervosität zu verbergen, steckte er sich einen langen Zigarillo an und versuchte, in regelmäßigen Zügen zu rauchen.

Ein leises Geräusch hinter seinem Rücken ließ ihn innerlich zusammenzucken, aber er drehte sich nicht um.

»Ich heiße Sie willkommen, Señor Villeria«, hörte er eine tiefe Stimme. Schwere Schritte ließen die Bodenbretter leicht vibrieren, und die massige Gestalt des Marques tauchte aus einer unübersichtlichen Ecke des Zimmers vor Roberto auf und ging an ihm vorbei zum Schreibtisch. »Sie kommen aus Veracruz?«

»Nein, Señor.«

»Ach!« Der Marques schaute ihn sichtlich interessiert an, und seine buschigen Augenbrauen hoben sich leicht. »Sie sagten doch meinem Verwalter, daß Sie...«

Villeria winkte lässig ab und lächelte. Der Zigarillo wippte zwischen seinen Lippen. »Mich empfiehlt Pietro Maurillio, genügt Ihnen das?«

»Ah, ja. Aber warum ist Ihr Spanisch so schlecht?«

»Ich bin amerikanischer Staatsbürger. Vor sechs Wochen überquerte ich nachts illegal die Grenze.«

Der Marques ließ sich schwer in den Sessel hinter seinem Schreibtisch fallen. Er blätterte in einem Stoß zusammengehefteter Papiere und schien etwas zu suchen. Endlich blickte er auf. »Rauschgiftschmuggel?« fragte er und musterte Villeria durchdringend.

»Nein.«

»Raubüberfall?«

»Auch nicht!«

»Was denn, zum Teufel?«

»Mord!«

Die Augenbrauen des Marques zogen sich nachdenklich zusammen. Wieder widmete er sich den Papieren, die vor ihm lagen.

Das offensichtliche Suchen des Marques machte Villeria Spaß. »Blättern Sie nicht weiter in den Ihnen vorliegenden internationalen Steckbriefen, Señor«, empfahl er. »Die Sache ist schon über ein Jahr her. Ich habe die Filmschauspielerin Valeria Thurner erschossen.«

Der Marques sprang auf und war mit zwei Riesenschritten bei Villeria. Er packte ihn an beiden Schultern, schüttelte ungläubig den Kopf, schien sich an etwas erinnern zu wollen und gab es schließlich resigniert auf. Sein Gesicht war von leichter Enttäuschung gezeichnet. »Sie sind also der geheimnisvolle Mörder, den die New Yorker Polizei so fieberhaft verfolgte?«

»Ja. Ich bin Jack Fenton!«

»Dann verraten Sie mir mal, auf welche Weise Sie Valeria Thurner erschossen haben. Denn eine Kugel oder einen Ausschuß fand man ja nie.«

Villeria trat einige Schritte zurück, steckte die rechte Hand in die Hosentasche und umfaßte den Griff seines Revolvers. »Ich bedaure, Caballero, aber das wird mein Geheimnis bleiben. Ihnen muß genügen, daß ich Jack Fenton bin. Sollten Sie es nicht glauben, bin ich jedoch bereit, Ihnen alle Einzelheiten der Tat – bis auf die Mordmethode – zu rekonstruieren. Also – Señor Maurillio empfahl Sie mir, außerdem hörte ich auf dem Weg nach Mexiko-City schon einiges Interessante von Ihnen. Um es kurz zu machen, ich möchte bei Ihnen arbeiten.«

»Als Mörder?« Der Marques ließ ein dröhnendes Lachen über seinen Witz hören.

»Als Viehhüter oder Viehtreiber«, schnitt ihm Villeria barsch die Lachsalve ab. »Ich brauche Geld, Señor Marques, um nach Costarica weiterzuflüchten.«

»Meine Farm ist kein Versorgungsheim für flüchtige Verbrecher, bester Jack Fenton. Jeder Arbeiter, der bei mir

Kühe melkt oder Bullen zum Decken bringt, hat nachts eine bestimmte, seinen Passionen entgegenkommende Aufgabe zu erfüllen. Das hätte Ihnen Pietro Maurillio ebenfalls sagen müssen! Oder glauben Sie, daß allein meine Rinderzucht mich zum reichsten Mann der Umgebung macht?! Einen Mörder habe ich allerdings noch nicht in meiner Sammlung«, setzte er mit amüsiertem Grinsen hinzu.

»Ich bin kein Mörder!« schrie Villeria und wich bis zur Tür zurück. »Ich habe Valeria Thurner geliebt. Ich war wie von Sinnen, wenn ich sie sah. Aber sie, sie lachte über mich, verspottete mich, nannte mich einen Milchknaben und schenkte ihre Gunst vor meinen Augen anderen Männern. In die Filmateliers habe ich mich eingeschlichen, um nur in ihrer Nähe zu sein, in ihre Wohnung bin ich ihr gefolgt und warf mich bittend vor ihre Füße. Blumen schickte ich ihr jeden Tag, aber sie verlachte mich, warf die Blumen aus dem Fenster und küßte andere, die sie mit teuren Wagen in die Nachtclubs fuhren. Oh, Sie wissen nicht, wie dies die Seele abtötet, wie die Verzweiflung über einen kommt, wenn man wie ein lästiger Hund behandelt wird. Da endlich beschloß ich, sie *so* zu töten, daß es ein ewiges Rätsel bleiben würde, ihr Herz so zu zerstören, daß es niemals wieder ein anderes Herz zum Wahnsinn treiben konnte. Und eines Tages war es soweit – sie verspottete mich wieder, schickte mich wie einen lumpigen Bettler aus der Wohnung und empfing einen anderen Mann. Da erschoß ich sie im Bad, nackt. Oh, so wundervoll schön und nackt, und ich weidete mich an ihrer betörenden Schönheit und hätte vor Wonne selbst sterben mögen, als ich ihren göttlichen nackten Leib durch meine Hand vergehen sah. Diesen Triumph hatte ich für mich ganz allein, den brauchte ich mit niemandem zu teilen, das hatte keiner ihrer Geliebten gesehen. Ich war der letzte, ich war der, der sie tötete, als sie am herrlichsten war! Nennen Sie mich einen Wahnsinnigen, Señor, vielleicht bin ich es, aber ein Mörder...« hier kreischte er grell, »ein Mörder, wie *Sie* es verstehen, bin ich nicht!«

Mit wachsender Spannung hatte der Marques zugehört und nickte, als verstünde er völlig das Motiv der Tat und billigte es. »Sie sind ein Psychopath, Señor«, sagte er jedoch ernst, mit erstaunlicher Offenheit. »Warum eine Frau töten, wenn sie sich einem versagt? Dächte jeder so, gäbe es keine Frauen mehr!«

»Ich habe sie wie keine geliebt... und sie beleidigte mich!«

»Und deshalb vernichten Sie eine solche Schönheit? Na, schweigen wir, das ist Ihre Angelegenheit. Ich will sehen, wie ich Sie nach Costarica bringen kann. Sie wohnen vorläufig noch bei Maurillio und warten, bis ich Ihnen Nachricht gebe!« Er griff in die Tasche und hielt Villeria eine Handvoll Geldstücke hin. »Denken Sie nicht, das sei ein Almosen! Es ist lediglich ein Vorschuß, den Sie abarbeiten werden!«

Zögernd nahm Villeria das Geld und wußte nicht, ob er sich bedanken oder Angst haben sollte.

»Mein Verwalter wird Sie hinausführen«, sagte der Marques. »Wir sehen uns in Kürze bei Maurillio wieder, Jack Fenton!«

Damit verließ er Villeria durch eine Tür, die ein bunter

Glasperlenvorhang verdeckte. Gleichzeitig mit dem Hinausgehen des Marques erschien der Verwalter und führte Villeria durch die zahllosen Zimmer und Flure wieder auf den großen viereckigen Hof. Dort zog er grüßend den Sombrero und entfernte sich.

Nicht sehr zufrieden mit sich, schwang Villeria sich in den Sattel und ritt in scharfem Trab aus der Farm und nach Mexiko-City zurück.

Als er die schmutzige Gegend seiner Herberge erreicht hatte, überkam ihn mit unvorbereiteter Wucht der Jammer über sein vergangenes und zukünftiges Leben. Wie konnte er nur ohne Valeria Thurner und mit seinem quälenden Gewissen weiterleben? Die Tat war einfach für ihn gewesen, doch die Langzeitfolgen hatte er nicht mit einkalkuliert.

Die Taberna hatte an diesem Abend wieder einmal ihre Sensation. Bianca, die schwarzäugige kreolische Tänzerin, die immer unangemeldet in der Stadt auftauchte, allen Männern den Kopf verdrehte und ihre mongolische Herkunft als Urheber all ihrer Laster verantwortlich machte, wirbelte mit hochgeschürztem rotem Rock und wild zerzausten schwarzen Locken über die Tische und flog von einem Arm in den anderen. Sie versprach jedem alles und hielt nichts.

Die stoppelbärtigen Männer, verwegene Gestalten in zerrissener Kleidung, johlten und grölten die Melodie des Tanzes mit, die aus einem altersschwachen Grammophon blechern den Lärm zu durchdringen versuchte. Pietro Maurillio stand hinter der Theke, füllte Wein- und

Schnapsgläser reihenweise, überwachte mit aufmerksamen Augen das hektische Treiben und hatte für alle Fälle einen schweren, mehrschüssigen Revolver in Griffnähe. Dichter Tabaksqualm waberte durch die niedrige Spelunke.

Das erste, was Villeria bei seinem Eintreffen von Juana erfuhr, war das Verschwinden des Mestizen Lumubra. Er hatte Mexiko-City verlassen, um, wie er ausrichten ließ, sich einen neuen Geldverdienst zu suchen. In Wahrheit waren ihm Bedenken gekommen, mit einem staatlichen Spürhund in dieser einschlägigen Unterkunft zu wohnen, denn man konnte nie wissen, wie die ständigen Gäste darauf reagierten. Der Besuch Villerias bei dem Marques ließ ihn die Gefáhr erst richtig erkennen, und so hatte er sich lieber vor einem eventuellen Knall aus dem Staube gemacht.

Für Villeria bedeutete das Verschwinden des Mestizen keinen Verlust. Seine Gedanken kreisten sowieso um andere Probleme. Bis zur Möglichkeit eines erlösenden Selbstmordes hatte er sich schon gesteigert. Dumpf brütend saß er in einer Ecke des Lokals und würdigte den vor ihm stehenden Schnaps nicht einmal mit einem Blick, geschweige denn, daß er ihn trinken wollte.

So entdeckte ihn Bianca. Wie die vom Teufel gesandte Versuchung stürzte sie in atemberaubenden Tanzdrehungen auf ihn zu.

»Hey, wen haben wir denn da?« rief sie neckisch und landete mit gekonntem Schwung auf seinem Schoß, schob ihren Rock hoch, so daß die wohlgeformten Beine in den schwarzen Netzstrümpfen bis weit über die Knie sichtbar wurden. »Allein und traurig, Schätzchen?« Sie drückte ihren Mund auf den seinen und unterband blitzschnell seinen Widerstand durch ihre feuchte Zunge. Sie griff Villeria mit beiden Händen in die Haare und reckte ihm ihre vollen Brüste entgegen. »Welche Äpfel sind dir lieber?« gurrte sie. »Die am Baum wachsen oder die, die ich bei mir habe?« Und ehe Villeria antworten oder sie abschütteln konnte, hatte sie ihn unter dem Gejohle der Männer emporgezogen und tobte mit ihm in engster Umarmung durch den Raum. Ihr praller, biegsamer Körper verfehlte seine Wirkung nicht.

Villeria fühlte eine glühende Welle über sich hinwegspülen. Das Zimmer schien sich zu drehen, er hörte die Musik, das Kreischen und Johlen, fühlte den heißen Körper unter seinen Händen und hatte plötzlich nur den einen Gedanken: Vergessen... alles, alles zu vergessen...

Und diesen aufreizenden Körper zu besitzen, diese roten Lippen zu küssen, versinken im Taumel der Fleischeslust, alles, alles haben, genießen, mitnehmen. Sonst war das Leben so wertlos, so sinnlos...

Stöhnend krallte er sich mit beiden Händen in das warme Fleisch, so daß Bianca grell aufschrie und ihm in den Hals biß. Dieser Schmerz öffnete sämtliche Schleusen bei ihm. Er wurde zum reißenden Tier, zerrte Bianca an sich, wühlte sich mit scharfen Zähnen in ihren gierigen Mund, zerriß ihr beim Tanzen die Bluse bis zum Gürtel, fühlte ihre drängenden, vollen Brüste und trug sie, rennend und stolpernd, die dunkle Treppe hinauf.

Später lag Villeria auf der grauen Matratze des wackeligen Eisenbetts in dem kleinen, schmutzstarrenden Zimmer Biancas. Er rauchte einen Zigarillo und starrte schweigend an die niedrige Decke. Bianca saß ebenfalls rauchend vor einem kleinen Spiegel und betrachtete dabei wohlgefällig ihren üppig gewachsenen Körper mit der ocker getönten Hautfarbe.

Bleierne Müdigkeit hatte Villeria erfaßt. Das Erlebnis mit Bianca war in seiner Erinnerung nur noch ekelhaft. Das heruntergekommene Zimmer, der Gestank billigen Parfums, der im Raum schwebte, und die gelblich glänzende Haut der Tänzerin würgten ihn. Um zu vermeiden, über seine Lage nachzudenken, sog er heftig an seinem Zigarillo.

»Du bist bei dem Marques gewesen?« fragte Bianca nach einer Weile. Sie erhob sich und trat nackt an das Eisenbett. »Hast du ihn gesprochen?«

»Ja«, antwortete Villeria mürrisch.

»Weißt du, daß der Marques einer meiner Liebhaber ist?« fragte Bianca weiter.

»Interessiert mich nicht...«

»Er würde dich einfach über den Haufen knallen, wenn er erführe, daß du mit mir geschlafen hast!«

»Da müßte ja ein Massenmord in Mexiko stattfinden...!« knurrte Villeria.

Bianca lächelte. Ihre weißen Zähne blitzten raubtierhaft hinter den vollen Lippen hervor. Sie beugte sich tief über den Liegenden, so daß ihre nackten Brüste seinen Körper berührten. Unwillkürlich durchrieselte Villeria ein warmer Schauer.

»Du bist der Schönste von allen!« flüsterte sie und ließ ihre schwarzen Locken über sein Gesicht fallen. »Wollen wir zusammenbleiben... du... in Veracruz oder Tampico... ich tanze... und du... du liebst mich...«

Darauf war Villeria nun gar nicht vorbereitet, doch er wurde einer Antwort enthoben. Bianca warf sich voller Leidenschaft über ihn und erstickte seinen Ekel mit wilden, orgiastischen Küssen.

Draußen auf dem Flur stand Juana Maurillio und zögerte. Sollte sie Villeria herausrufen oder einfach anklopfen und eintreten? Der Gedanke, daß Roberto auf diesem dreckigen Eisenbett lag und vielleicht Bianca gerade in seinen Armen hielt, saß wie ein Giftstachel in ihr. Sie hätte heulen mögen, die Tür aufreißen und Villeria anschreien können: »Ich, ich liebe dich und lasse dich nicht dieser Hure, der niemand zu schmutzig ist, wenn er anständig bezahlt... Ich will dir eine neue Heimat geben... Bei mir sollst du alles vergessen, was hinter dir liegt... Schon als du in der Taberna eintrafst, fühlte ich, daß ich zu dir gehöre... Laß dieses Biest Bianca, stoß sie zurück... Ich liebe dich...« Doch Juana war zu schwach, um für ihre Liebe zu kämpfen. Unschlüssig lehnte sie an der Wand des Flurs und wußte keine Entscheidung zu treffen.

Zwei Caballeros von der Farm des Marques wollten Roberto del Villeria sprechen. Sie warteten unten im Schankraum. Zwei verwegene Burschen, denen ein anständiger Mensch sofort aus dem Weg gehen würde.

Ich muß ihn herausrufen, dachte Juana. Ihr Herz schlug unregelmäßig, und Schweißperlen traten auf ihre Stirn.

Dann endlich straffte sie sich und trat an die Tür, um anzuklopfen.

In diesem Augenblick ertönte von innen ein leiser Schrei von Bianca, dann Geräusche, als ob zwei Menschen miteinander ringen würden, dann fiel klatschend ein Körper zu Boden, und die Tür wurde aufgerissen.

Auf der Schwelle stand Villeria. Sein Hemd war über der Brust zerrissen, über seine linke Wange zog sich eine lange, blutige Kratzwunde. Am Hals sickerte Blut aus einer tiefen Bißwunde. Einen Augenblick standen sich Roberto und Juana stumm gegenüber.

Dann ging ein Zittern durch Villeria, und er trat nahe vor Juana hin. »Ich muß weg«, raunte er, heiser vor Erregung. »Ich muß sofort weg, Juana. Besorge mir ein Pferd, Decken und Proviant. Schnell, es ist höchste Zeit...«

Und ehe Juana zur Besinnung kam, hatte er sie schon die Treppe hinuntergeschoben, eilte in sein Zimmer und raffte seine Sachen in einem Sack zusammen. Das letzte, was Juana von der Treppe aus noch sah, war Bianca, die sich nackt vom Fußboden erhoben hatte, drohend die Faust in Richtung Villeria erhob und dann zu der Stelle rannte, wo der Rest ihrer Kleidung lag.

Als Juana noch mit zwei Decken über dem Arm im Stall ihres Vaters überlegte, welches Pferd wohl das beste für Roberto wäre, stand Villeria schon reisefertig neben ihr. Er nahm sich von einem Haken einen der besten Sättel und legte ihn dem ausgewählten Wallach über den Rücken. Sein Gesicht zeigte keine Regung, und eiserne Entschlossenheit lag in seinen Augen. Aus einer unerklärlichen Scheu heraus wagte Juana nicht, ihn nach dem Grund seiner plötzlichen Abreise zu fragen, und verschwieg ihm deshalb auch die Anwesenheit der beiden Gesellen des Marques im Schankraum.

In aller Eile lief Juana in die Vorratskammer, um den nötigen Proviant zusammenzustellen. Villeria zählte unterdessen die klägliche Summe seines letzten Geldes, prüfte noch einmal die Sattelgurte und lud seine beiden Revolver, bevor er sie im Gürtel verstaute.

Juana hastete mit den Proviantpaketen herbei und steckte sie in die geräumigen Satteltaschen. »Kommst du wieder?« fragte sie leise und nestelte nervös an dem Sattelriemen. »Du weißt, daß du immer wiederkommen kannst!«

»Ja«, antwortete er einsilbig. »Vielleicht...« Aber er glaubte selbst nicht, was er sagte.

»Mußt du wegen Bianca flüchten?« fragte Juana. »Will sie dich erpressen?«

Villeria schüttelte den Kopf und zählte die Kaufsumme für Pferd, Sattel und Verpflegung ab. Dann stieg er auf und beugte sich zu dem tieftraurig blickenden Mädchen hinab. »Sie weiß, wer ich bin«, sagte er ruhig. »Und darum, kleine Juana, muß ich auch fort. Nicht, weil ich Angst vor dem Richter habe... aber ich will ein Leben vergessen, das verpfuscht war, sinnlos, ohne Ziel... Ich will ein neuer Mensch werden, ein völlig neues Leben beginnen... Ich will all das, was einmal gewesen ist, vergessen... Ich will nicht mehr Jack Fenton sein, sondern Roberto del Villeria...« Verwirrt betrachtete Juana ihn aus feucht schimmernden Augen.

»Und Bianca will dich verraten?«

»Vielleicht. Sie wollte mich zwingen, ihr Zuhälter zu werden. Würde ich ablehnen, wollte sie dem eifersüchtigen Marques ihr Verhältnis zu mir verraten. Der Marques aber weiß, wer ich bin. Und darum flüchte ich.«

Juana hielt ihm ihre schmale Hand hin, eine Träne rollte ihr die Wange hinunter. Ihre Finger zitterten, als Villeria sie ergriff und sie sanft an seine Lippen führte.

»Lebewohl«, sagte er, und ehrlicher Dank schwang in seiner Stimme. »Sollte es mir gelingen, ein neues Leben zu beginnen, so werde ich dich nie vergessen. Vielleicht kommt dann eines Tages die Stunde, in der ich dir deine Güte und Hilfsbereitschaft lohnen kann.«

Er ließ ihre Hand los und drückte dem Pferd die Sporen in die Weichen. Mit einem Satz schoß das Tier aus dem Stall, galoppierte über den Hof und verschwand mit seinem Reiter im Durcheinander der Großstadt.

Es war genau der Augenblick, in dem Bianca in die Schankstube stürzte und auf die beiden wartenden Männer prallte. »Caballeros«, kreischte sie. »Ihr könnt euch zehntausend Peseten verdienen! Hier im Haus lebt ein Mörder!«

Juana aber stand noch lange am Stalltor und blickte hinaus in das Gewirr der Gassen, in dem Villeria verschwunden war.

Es war der Abschied von einer großen, unerfüllten Liebe...

8

Durch das karge Hochland trabte im anbrechenden Licht des Tages ein einsamer Reiter. Er hatte den Poncho eng um den Körper gewickelt, denn der frühe Morgen im mexikanischen Hochland war empfindlich kühl. Erst im Laufe des Vormittags pflegte die Sonne den Boden zu wärmen und dann zu verbrennen. Der Mann hockte weit vornübergeneigt im Sattel und schien zu schlafen – sein Kopf pendelte im Rhythmus des Pferdetritts und schlug immer wieder mit dem Kinn auf die Brust. Mit schlaffen Zügeln lief der Wallach den ausgetretenen Pfad entlang.

Roberto del Villeria war die ganze Nacht über geritten. Er wollte damit zwischen sich und seine eventuellen Verfolger die größtmögliche Entfernung legen und den Vorsprung gewinnen, den er brauchte, um irgendwo in Mexiko unerkannt unterzutauchen. Das Ziel seiner Flucht war die Hafenstadt Veracruz am Golf von Mexiko. Von dort aus konnte er als Kohlentrimmer die mittelamerikanische Küste hinabfahren nach Nicaragua oder Costarica, oder er konnte sein Glück auf Haiti suchen. Auf jeden Fall mußte er als erster in Veracruz sein. Denn wer zuerst dort war, hatte das Spiel gewonnen!

Es ging um Tage, vielleicht nur um Stunden. Als die Mittagssonne glühend auf ihn herunterstach, erwachte er aus seinem Halbschlaf. Villeria hielt an, wickelte sich aus seinem Poncho, nahm aus der Satteltasche einige Mehlfladen und eine Flasche mit kaltem Tee und begann die ersten Bissen seit seinem Aufbruch zu essen. Das mit dem Hochland vertraute, zähe Pferd knabberte unterdessen das harte, strohige Büschelgras ab und trank den dickflüssigen grünen Saft eines Riesenkaktus, den Villeria mit der Machete geköpft hatte.

Die Rast war nur kurz. Noch kauend, schwang sich Villeria wieder in den Sattel und ließ das willige Pferd in einen leichten Trab fallen. Unbarmherzig brannte die Sonne auf die baumlose Ebene. Der Sand zwischen dem ausgedörrten Büschelgras und den hartblättrigen Agaven war wie Pulver und staubte bei jedem Schritt des Wallachs auf. Nach einer Stunde waren Pferd und Reiter mit einer dikken Staubschicht bedeckt. Im Gesicht Villerias wurde sie durch den Schweiß zu einer widerlich klebrigen Masse.

Stunde um Stunde ritt Villeria so durch das mexikanische Hochland. Er gönnte sich kaum eine Rast, kaute ab und zu an den harten Salzkeksen, ließ das Pferd an einigen sumpfigen Stellen Wasser trinken und trieb das Tier unbarmherzig weiter, dem fernen Golf von Mexiko entgegen, Veracruz, dem Hafen in ein neues Leben...

Als der Abend dämmerte, erreichte er eine einsam liegende kleine Ranch. Er zog die Zügel an, stieg schwerfällig vom Pferd und dehnte befreiend die schmerzenden Glieder. Mißtrauisch erschien ein kleiner, stämmiger, unrasierter Bauer im Türrahmen des niedrigen Wohnhauses. Bewaffnet mit einem Gewehr, näherte er sich dem Fremden.

»Später Besuch ist mir immer unwillkommen«, knurrte er und blieb in sicherer Entfernung stehen. »Sähe es lieber, Caballero, wenn Ihr aufsteigt und Euch zum Teufel schert!«

Villeria antwortete nicht. Er führte sein Pferd ungerührt an den Brunnen und tränkte es an der schmalen, mit Wasser gefüllten Holzrinne. Dann füllte er seine beiden Wasserflaschen und schlürfte anschließend aus der hohlen Hand das köstliche Naß in sich hinein.

Unwillig, aber abwartend beobachtete ihn der Alte. Seine Hand umfaßte nach wie vor fest den Griff des mächtigen Gewehrs. Das Schweigen des späten Reiters störte ihn ungemein. Ihm wäre ein lauter Wortwechsel und vielleicht auch eine kleine Schießerei weitaus angenehmer gewesen. Mit gerunzelter Stirn und kampflustig vorgeschobenem Kinn wagte er sich näher heran. »Na, wohin geht's denn?« fragte er. »Was ausgefressen und nun auf der Flucht?«

Roberto drehte sich um und musterte den Bauern. »Wenn ich nichts sage, könnt Ihr ebenfalls das Maul halten«, antwortete er grob. »Aber da Ihr anfangt – wie steht's mit Brot und Fleisch?«

»Wenn Ihr bezahlt...« Der Alte schüttelte zweifelnd den dreckigen Schädel.

Villeria holte seine Geldbörse aus der Tasche und legte ein paar Münzen auf den Rand der Holzrinne. Verblüfft, aber gierig verfolgte der Bauer die Aktion.

»So«, meinte Villeria und deutete auf das Geld. »Das wird wohl genug sein für Euer muffiges Fleisch. Macht schnell, Caballero, ich habe keine Zeit. Es sollte mir leid tun, Euren Leib kurz vor dem Erreichen eines natürlichen Todes noch zu durchlöchern.« Dabei legte er seinen Revolver auf den Brunnenrand und lächelte freundlich.

Brummend trollte sich der Alte in das verfallene Gebäude und kam nach kurzer Zeit mit einem Batzen Pökelfleisch und einem klebrigen, halb verschimmelten Brot zurück. Flink legte er beides auf den Brunnenrand und wollte sich das Geld greifen, als Villeria ihm mit mächtigem Schwung das verschimmelte Brot an den Kopf warf.

»Mieser Gauner!« schrie er. »Soll das ein Mensch essen? Allein schon deswegen sollte man dich über den Haufen knallen!« Er steckte das Geld wieder in die Tasche und hielt dem Bauern den Revolver vor die Nase. »Entweder – oder, mein Freund! Gute Ware gegen gutes Geld!« Er schnappte sich seinen Wallach, schwang sich in den Sattel und hieb von oben dem überrumpelten Alten den Griff seines Revolvers über den Schädel. Lautlos sackte der Bauer zusammen.

»Besser ist besser«, murmelte Villeria und spornte sein Pferd an. »Wer schläft, kann nicht schießen.«

In strengem Galopp ritt er wieder in die stille Nacht hinaus und fiel erst nach einer halben Stunde in einen ruhigeren Trab. Um seine Spuren zu verwischen, ritt er im Zickzack, ritt lange in einem fast vertrockneten Flußbett und vermied peinlichst befahrene Straßen oder Viehtreckwege. Er fand seinen Weg durch die wasserarme Steppe allein durch den Stand der Sterne.

Nach etwa vier Stunden hielt er inmitten einer Lichtung zwischen Kakteenstauden an, stieg ab und breitete seine Wolldecken auf dem steinigen Boden aus. Er sattelte das Pferd ab und band es mit einem langen Strick an einem kräftigen Kaktus fest. Kaum hatte er sich hingelegt, überfiel ihn der längst fällige Schlaf wie ein Keulenschlag.

In dieser Nacht brach von Mexiko-City und der Estanzia des Marques eine große Reiterschar auf, um den flüchtigen Mörder Jack Fenton alias Roberto del Villeria zu suchen.

Der Haß der beleidigten Bianca und das Gebet um Rettung der still duldenden Juana begleiteten die Gruppe.

Bleich vor Wut saß der Marques hinter seinem Schreibtisch. Seit Stunden schon wagte der Verwalter nicht, ihn zu stören oder auch nur anzusprechen. Auf der Platte des Schreibtisches lag eine lange, dicke Hundepeitsche, und er kannte den Marques zu gut, um nicht in den Bereich des geflochtenen Leders zu geraten.

Im Nebenzimmer kauerte Bianca auf einem Sofa und biß voll ohnmächtigem Haß über die ihr von Villeria angetane Schmach in ein Taschentuch. Sie war, kaum daß der Flüchtende aus dem Hof Maurillios gesprengt war, mit dem nächsten Pferdefuhrwerk hinaus zum Marques gefahren und hatte ihm, allerdings in einer ihr besser passenden Wahrheitsform, ihr kurzes Liebesverhältnis zu Villeria gestanden.

Die Wirkung war erschreckend gewesen. Der Marques sagte zunächst nichts, sondern starrte Bianca durch halbgeschlossene, funkelnde Kohleaugen an. Dann verzerrte sich sein Gesicht zu einer Fratze, er holte mit dem rechten Arm weit aus und donnerte ihr seine Pranke voller Wucht an den Kopf. Die Gewalt des Schlages ließ Bianca eine groteske Drehung um sich selbst machen, bis sie als wimmerndes Bündel in einer Ecke liegenblieb. Daraufhin brüllte der Marques seine Leute zusammen, und es dauerte nicht lange, bis die ersten Reiter nach Mexiko-City aufbrachen, um Villerias Spur von der Kneipe aus in das Innere der mexikanischen Steppe zu verfolgen.

Stiernackig brütete der Marques nun hinter seinem Schreibtisch. Er hatte sich zwar äußerlich beruhigt, doch brannte das Gefühl der Rache in ihm lichterloh. Er war sich nur noch nicht sicher, wie er Jack Fenton am vernichtendsten treffen konnte. Klar war, daß ihn seine Männer eines Tages tot oder lebend fangen und ihm ausliefern würden. Aber was dann? Eine einfache Pistolenkugel in das vermaledeite Gehirn zu schießen, erschien dem Marques viel zu menschlich.

Nachdenklich blickte er auf die vor ihm liegende Karte von Mexiko mit den von ihm eingezeichneten Fluchtwegen. Zwei Orte blieben als Sprungbrett in ein neues Leben übrig: Tampico und Veracruz. Die Grenzen nach Guatemala oder Honduras waren zu streng bewacht, um sie ohne Papiere zu überqueren. In die Vereinigten Staaten war Jack Fenton der Rückweg wegen des Mordes an Valeria Thurner abgeschnitten, und daß er sich nach Tehuantepec, in den Süden Mexikos, begab, war eigentlich ausgeschlossen und völlig ohne Sinn.

Also Veracruz oder Tampico.

Der Marques lächelte vor sich hin. Es war ein satanisches Grinsen.

In Veracruz gab es eine gute und schnell zugreifende Polizei. In Veracruz und auch in Tampico kannte man den Steckbrief des Mörders Jack Fenton. Der Mord an der »schönsten Frau Amerikas« hatte damals die ganze Welt erregt. Ein Mord, der ungeklärt war, ein Schuß ohne Geschoß ...!

Der Marques stützte den Kopf in die Hände und überlegte fieberhaft. Ein kleiner Knall, ein bißchen Pulverdampf... und Jack Fenton war einmal. Nein, das war zu wenig. Zeige ich ihn jedoch an, breche ich mein Versprechen. Außerdem wird er an die Vereinigten Staaten ausgeliefert, in einem großen Sensationsprozeß verurteilt und schließlich in Sing-Sing auf den elektrischen Stuhl geschnallt. Hm, auch noch zu fair. Aber immerhin hieße das, daß der verdammte Kerl noch wochenlang in seinem eigenen Saft schmoren müßte. Eigentlich nicht so übel. Je mehr der Marques darüber nachdachte, desto besser gefiel ihm die Lösung. Er griff entschlossen zum Telefon.

Bianca, die im Nebenzimmer das leise Klicken hörte, richtete sich neugierig auf und trat lauschend an die Tür.

»Den Polizeiinspektor von Veracruz«, befahl der Marques mit dröhnender Stimme. Während er auf die Verbindung wartete, trommelte er nervös mit den Fingern auf die Tischplatte. Endlich meldete sich aus Veracruz die Stimme des diensthabenden Inspektors.

»Hallo, Inspektor. Hier spricht Marques Miguel del Bonueta, Farm Bella, Mexiko-City. – Ich möchte eine Anzeige machen. Ja, eine Anzeige. – Ist Ihnen ein Jack Fenton bekannt? – Ja, es gibt einen Steckbrief von ihm. Er erschoß am 17. Mai 1938 gegen halb zehn Uhr vormittags den berühmten Filmstar Valeria Thurner in New York. – Wissen Sie? – Um so besser! Dieser Mörder ist hier in Mexiko aufgetaucht und nennt sich jetzt Roberto del Villeria. Als ich ihn erkannte und festnehmen wollte, flüchtete er und befindet sich jetzt auf dem Weg nach Veracruz. Allem Anschein nach hat er den Weg durch die Kakteensteppe eingeschlagen.«

Die Stimme am anderen Ende des Drahtes fragte etwas, und der Marques schüttelte den Kopf.

»Nein, ich habe mich nicht getäuscht. Jack Fenton hat bei mir die Mordtat gestanden. – Selbstverständlich bin ich jederzeit bereit, dies unter Eid zu bezeugen. – Danke!«

Zufrieden lächelnd hängte er ein und rieb sich die Hände. Dann besann er sich, seine Kiefer mahlten knakkend aufeinander, er packte die geflochtene Hundepeitsche und ließ sie mit pfeifendem Ton durch die Luft sausen.

»Und nun zu dir, mein Täubchen«, knurrte er vor sich hin und riß mit Schwung die Tür zum Nebenzimmer auf.

Mit lodernden Augen und wippender Peitsche baute er sich breitbeinig vor Bianca auf, die kreischend auf das Sofa zurückgewichen war. Schützend riß sie beide Arme vor das Gesicht, als der erste Peitschenhieb sie voll traf. Bei jedem Knall, den der Verwalter nebenan hörte, bekreuzigte er sich. Er wußte nur zu gut, welcher Gewalt sein Herr fähig war.

9

Inspektor Fred Jacklow saß gemütlich rauchend in seinem Amtszimmer, hatte die Jacke ausgezogen und die Hemdsärmel hochgekrempelt. Sein ganzes Streben schien nur darauf ausgerichtet zu sein, den vor einem Aktenstück brütenden Lieutenant Michael Collins kräftig zu ärgern.

»Collins«, säuselte er gerade, »wenn man Ihren Arbeitseifer sieht, möchte man glatt auf die Idee kommen, Sie wollten einmal Inspektor werden! Ist aber nicht weit her mit Ihrer Begabung! Denken Sie bloß mal an unseren Liebling Jack Fenton, und Sie müssen zugeben, daß Sie den falschen Beruf ausüben!«

Collins brummte etwas Unverständliches und kratzte sich mit dem Bleistift den Kopf. »Der Fall ist klar, Chef. Nur, den Täter haben wir nicht!«

»Klar ist gut! Und womit, bitteschön, hat Fenton die Thurner erschossen? Eine Einschußwunde, aber kein Ausschuß, und doch innere Verblutung durch Verletzung des Herzbeutels. Und das nennen Sie Witzbold klar?«

»Zugegeben, hier stehen wir vor einem Rätsel. Aber wir kennen den Täter und haben damit auch die Möglichkeit zur Klärung des Falles.«

»Die Möglichkeit!« Inspektor Jacklow lachte gequält auf. »Collins, wenn diese verfluchte Junisonne mir nicht so aufs Gehirn drückte, würde ich mich bemühen, herzhaft zu lachen. Mensch, der Junge ist längst raus aus den Staaten, vielleicht in Kanada oder im brasilianischen Urwald... oder glauben Sie, der sitzt seit einem Jahr hübsch brav im gegenüberliegenden Haus und freut sich über uns?«

»Wäre das beste Versteck«, gab Collins gleichgültig zurück. »Immerhin haben wir nicht alleine versagt, sondern auch der gesamte, so himmelhoch gepriesene Fahndungsdienst. Sollte mich nicht wundern, wenn Fenton jeden Tag mit uns bei Smith seinen Lunch einnimmt!«

Er vertiefte sich wieder in seine Akten, während Inspektor Jacklow mißmutig seine Zigarette im Aschenbecher ausdrückte. Auch nach einem Jahr ließ ihm der Fall Valeria Thurner keine Ruhe. Immer wieder hatte er zu den Akten gegriffen, sie Zeile um Zeile durchstudiert, um irgendwie und irgendwo einen neuen Anhaltspunkt zu finden. Aber ebenso oft hatte er sie wieder in den Tresor zurückgelegt und sich schulterzuckend gesagt, daß hier wirklich nur der Zufall oder das Schicksal eine Aufklärung zu bringen vermochte.

»Langweiliger Tag«, meinte er nach einer Weile zu dem emsig lesenden Collins. »Mit Ihnen zusammenzuarbeiten, ist eine Strafe! Wenn Sie trockene Pflaume wenigstens einen Funken Humor besäßen... aber so! Meine Bierdeckel sind interessanter als Ihr Gesicht!«

Michael Collins kannte die Stänkereien seines Chefs und nahm sie ihm nicht übel. Denn er wußte nur zu gut, daß Jacklow sich mit Händen und Füßen weigern würde, wenn man ihn, Collins, in eine andere Abteilung versetzen sollte. Ungerührt blätterte er deshalb weiter in der neu angelegten Akte, ein Fall von Erpressung in Hehler- und Zuhälterkreisen.

Es klopfte. Ein Beamter vom Fernschreibdienst trat ein,

grüßte und legte Inspektor Jacklow ein Telegramm auf den Tisch. Gleichgültig nahm Jacklow den Zettel auf, während der Beamte den Raum verließ.

Ein Ton wie ersticktes Grunzen erklang, ein Stuhl polterte zurück, und das Geräusch einer auf den Schreibtisch klatschenden Hand ließ Collins endlich aufschauen.

Fred Jacklow war aufgesprungen und jubelte: »Bewegung, Collins! Wachen Sie auf aus Ihrer Lethargie! Sie müssen sofort mit einem Sonderflugzeug nach Mexiko!«

Perplex beäugte Collins seinen Chef. »Nach Mexiko?«

»Ja, nach Veracruz! Unser Jack Fenton... Collins, Sie ahnungsvolles Genie... ist in Mexiko und reitet in diesem Augenblick durch die stachelige Hochebene auf Veracruz zu!«

»Verdammt!«

»Jawohl, verdammt! Der Bursche ist noch verrückter, als wir dachten! Hier, lesen Sie: Jack Fenton nennt sich jetzt Roberto del Villeria. Schöner Name, Collins, was? Romantisch, etwas für kleine Mädchen und Poesiealben. – Marsch, marsch, mein Lieber, packen Sie Ihre Habseligkeiten, und dann nichts wie ab nach Veracruz. Ich beneide Sie, Michael! Gerne hätte ich Ihnen *die* Häuser von Veracruz gezeigt, die garantiert in keinem Reiseführer stehen! Wetten, daß Sie dabei temperamentvoller geworden wären? Na ja, vielleicht ein anderes Mal! Ich benachrichtige jetzt sofort den Captain und besorge für Sie ein Visum, Haftbefehl und generelle Vollmachten! Aber eines sage ich Ihnen: Wenn Sie Fenton diesmal *nicht* mitbringen, fliegen Sie, und zwar ohne Flugzeug!«

»Okay«, lachte Collins und tippte mit dem Zeigefinger

auf das Telegramm. »In zwei Tagen haben Sie Fenton und sein Geständnis, oder...«, er wurde plötzlich ernst, »... Sie sehen mich nie mehr wieder...« Mit langen Schritten eilte er hinaus.

Entgeistert sah ihm Fred Jacklow nach.

Die dritte Nacht seit der Flucht brach herein. Villeria ritt noch immer durch die endlos scheinende Kakteenwüste, abseits von ausgebauten Straßen oder eingetretenen Pfaden. Mühsam kämpfte er sich mit seinem Pferd durch die immer dichter werdenden Agaven und Riesenkakteen. Durch Unachtsamkeit hatte er bei der letzten Rast mit zittrigen Händen den Vorrat seiner zweiten und damit letzten Wasserflasche verschüttet und mußte nun ebenfalls den ekligen grünen, klebrigen Saft der Pflanzen trinken, um den brennendsten Durst zu löschen. Er sehnte sich nach einem Bissen frischen Brotes oder einem vollen Glas eisgekühlten Whiskys. Der lange und harte Ritt begann seine Widerstandskraft zu zermürben. Es ging soweit, daß ihm in den letzten Stunden immer öfter die verzweifelte Idee gekommen war, ob er sich nicht einfach der Polizei stellen sollte. Oder war es besser, den Lauf des Revolvers in den Mund zu nehmen und abzudrücken? Eine neue, unbeschwerte Existenz schien ihm nur noch Illusion zu sein, ein Märchen, eine unerreichbare Fata Morgana am Firmament seiner einfältigen Phantasie.

Wie kann ein Mörder Ruhe finden? Wie könnte er sorglos irgendwo in der Fremde leben ohne den Gedanken, von Spionen umgeben zu sein und stets beobachtet zu werden? Konnte er sein Gewissen einfach abstellen? Mit denselben Augen, die einst durch das Visier auf einen herrlichen nackten Frauenkörper zielten, heiteres Leben sehen?

Villeria schauderte und schreckte aus seinen dumpfen Gedanken auf. Die Sonne versank gerade am Horizont und tauchte die weite Steppe in glutrotes Licht. Aufmerksam sah er sich um.

Er befand sich inmitten eines dichten Kakteenringes, ähnlich dem Lagerplatz der vergangenen Nacht. Die Stelle hatte nur den Nachteil, daß die Pflanzen so eng standen, daß sie im Falle einer Entdeckung wenig Möglichkeiten zu einer schnellen Flucht boten.

Doch zu müde, um weiterzureiten, und durchdrungen von einer tiefen Gleichgültigkeit sattelte Villeria sein Pferd ab, band es an einem kräftigen Agavenblatt fest, breitete die Decken aus und begann das Pökelfleisch des alten Bauern mit dem Buschmesser in lange Streifen zu schneiden und dann zusammen mit einigen harten Keksen herunterzuwürgen.

Als er mit seiner kärglichen Mahlzeit fertig war, rollte er sich in die dickste Decke ein, schob den Sattel als Kopfkissen unter seinen Nacken und verfiel in unruhigen Erschöpfungsschlaf.

Zwei Stunden mochte es her sein, daß er sich hingelegt hatte, als das Pferd plötzlich witternd den Kopf hob. Schnaubend stieß es die Luft durch die Nüstern, und leise wiehernd scharrte es mit einem Huf über den trockenen Boden.

Zuerst war nur ein kaum wahrnehmbares Vibrieren des Bodens zu spüren, dann ein fernes, rhythmisches Getrappel zu hören. Es klang, als kämen von weit her viele Reiter im Galopp näher...

Villeria wälzte sich unruhig auf die Seite. »Verdammtes Vieh«, schimpfte er verschlafen und blinzelte zu seinem Pferd hinüber. »Steh still, Kanaille!« Doch dann fuhr er plötzlich hoch, horchte angestrengt, fühlte das Beben des Bodens, warf sich der Länge nach nieder und preßte das Ohr an die Erde.

Sein Gesichtsausdruck versteinerte. Es beherrschten ihn nur noch Schrecken, Angst und Panik. Hastig sprang er auf, griff nach seinem Sattel und wollte ihn dem Pferd überwerfen, als er auch schon wieder innehielt.

»Zu spät!« murmelte er. »Ehe ich gesattelt habe, sind die hier!« Damit schleuderte er den Sattel in eine Agave, band das Pferd los und sprang auf. Er hielt sich krampfhaft an der Mähne des Tieres fest und rammte ihm die Fersen in die Weichen. Wiehernd bäumte sich das Pferd auf, schoß vorwärts, durchbrach den Kakteenkranz, übersprang einen niedrigen, stacheligen Busch und galoppierte, den Kopf weit vorgestreckt, hinaus in die nächtliche Steppe.

Mit beiden Händen klammerte sich Villeria an die flatternde Mähne, die Schenkel preßte er hart an den Leib des Gaules und hatte nur einen Wunsch – nicht herunterzufallen. Schweiß trat ihm plötzlich aus allen Poren, kalter Schweiß...

Vorbei, dachte er, als er hilflos über die Steppe jagte. Endgültig vorbei... verspielt... Was jetzt kam, würde doch nur wilde Flucht bedeuten, nichts als sinnlose Flucht. Denn erwischen würden sie ihn eines Tages, selbst wenn er ihnen jetzt entkommen konnte. – Warum blieb er nicht einfach stehen und ließ sich erschießen? Das wäre die einfachste Lösung... Und doch – das Leben war noch nicht verloren, auch wenn es aussichtslos erschien. Entschlossen, sich zu verteidigen bis zum letzten, raste er weiter.

Da sah er plötzlich am Horizont Schatten auftauchen. Das Gedröhne von Hufen klang immer näher. Um Gottes willen – er ritt ja den Verfolgern entgegen! Sie kamen gar nicht aus Mexiko – sie kamen aus der Richtung von Veracruz! Sie kamen...

Villerias Blick wurde starr. Hinter sich die Leute des Marques, vor sich – das war kein Zweifel – die Polizei von Veracruz. Also hatte entweder der Marques oder Bianca oder Pietro Maurillio den Inspektor von Veracruz verständigt. Sämtliche Polizeistellen von Mexiko waren in Alarmbereitschaft gesetzt – und das alles, um ihn, Jack Fenton, zu schnappen.

Einen Mörder, der seit einem Jahr flüchtig ist.

Den Mörder der schönsten Frau der Welt. Den Mörder aus verschmähter Liebe...

Sein Gehirn arbeitete fieberhaft. Das Pferd jagte zügellos dahin. Es war nicht aufzuhalten, nicht zu wenden. Es raste, wie der Instinkt es ihm gebot, den anderen Pferden entgegen. Wohin hätte er denn auch ausweichen können? Er war umzingelt.

Das Ende, dachte Villeria, das ist also das Ende! Wie einfach doch alles in solch einem Augenblick ist, gänzlich ohne Furcht und Schrecken...

Er löste seine verkrampften Hände aus der Mähne des Pferdes und ließ sich im vollen Galopp seitwärts herunterfallen. Während er sich noch überschlug, fühlte er einen brennenden, ihm den Atem nehmenden Schmerz. Graue Wolken wallten auf ihn zu, schienen ihn zu erdrücken, ihm die Besinnung rauben zu wollen. Bloß das nicht, war alles, was er denken konnte. Mit unmenschlicher Anstrengung riß er den Revolver aus dem Gürtel, merkte plötzlich, wie sein Arm kraftlos wurde, hob mit letzter Energie den Lauf auf seine Brust und drückte ab.

Er vernahm nur noch einen merkwürdig dünnen Knall und das Geräusch von vielen Pferdehufen... Dann umfing ihn totale Dunkelheit.

Der Inspektor aus Veracruz war der erste, der ihn erreichte. Er sprang aus dem Sattel und beugte sich über Villeria. Keuchend nickte er seinen Begleitern zu. »Er ist es, Jungs. Wir sind zwar fünf Minuten zu spät gekommen, aber er lebt noch! Verbindet ihn und setzt ihn so aufs Pferd, daß er nicht runterfallen kann! Vielleicht hält er bis Veracruz durch und kommt noch einmal zu sich. Zum Teufel, der Kerl muß uns doch verraten, wie man einen Menschen ohne nachweisliches Geschoß erschießen kann!«

10

Im Polizeihospital von Veracruz saßen der mexikanische Inspektor, ein Dolmetscher und Michael Collins wartend am Bett des leblos in den Kissen liegenden Jack Fenton. Noch atmete er, aber man gab ihm keine Chancen mehr.

Man hatte ihn sofort ins Hospital gebracht und ihm eine Bluttransfusion gegeben, um den hohen Blutverlust auszugleichen. Doch der leitende Arzt hatte den Kopf geschüttelt. Der Schuß hatte zwar nicht das Herz direkt getroffen, aber schwere innere Verletzungen verursacht, die bald zum Tode führen würden. Selbst die Möglichkeit einer kurzen Besinnung bezweifelte Dr. Montez stark.

Collins vertraute allen Unkenrufen zum Trotz seinem detektivisch geschulten Unterbewußtsein und bezog mit dem ebenfalls hartnäckig wartenden Inspektor Santos Posten am Bett des Sterbenden.

Seit zwei Stunden harrten sie nun schon aus, trockneten den Schweiß von der fahlen Stirn Fentons und beobachteten, wie die Schläfen einsanken, die Nase merkwürdig spitz und die Mundwinkel verkrampft und faltig wurden.

»Er stirbt«, flüsterte der Inspektor und sah Collins an. »Pech gehabt, Kollege. Das Rätsel des Schusses ohne Geschoß bleibt ewiges Geheimnis. Hätte mich selbst interessiert, wie man Menschen ohne Kugeln erschießt...«

Der Verwundete rührte sich und stöhnte leise auf. Gespannt beugte sich Collins über ihn. Unter den geschlossenen Lidern schienen sich die Augen zu bewegen.

»Fenton«, rief Collins leise und tastete vorsichtig nach

seiner Hand. »Fenton... hören Sie mich...?«

Collins fühlte, wie seine Hand leicht gedrückt wurde. Er brachte sein Ohr ganz nahe an die Lippen Fentons.

»Wasser...«, röchelte er. »Bitte... Wasser...«

»Wasser, schnell!« rief Collins und jagte den Inspektor auf, der fasziniert zugesehen hatte. »Er kommt zu sich. Los, Kollege, schnell...«

Inspektor Santos eilte zum Wasserhahn, füllte ein Glas und rannte zum Bett zurück. Vorsichtig, in kleinen Schlucken flößte Collins dem Verwundeten das Wasser ein und stützte ihm dabei den Kopf.

Tief atmete Fenton durch, verzog jedoch sofort schmerzhaft das Gesicht. Mit der einen Hand tastete er über den Brustverband. Behutsam ließ ihn Collins zurück in die Kissen gleiten und beugte sich wieder über ihn.

Jack Fenton öffnete nun die Augen und starrte Collins an. Erkennen blitzte in seinen matten Augen auf. »Hey, Collins«, flüsterte er schwach. »Kenne Sie... habe mir vor einem Jahr in New York alle zeigen lassen, die Jagd auf mich machten! Daß Sie hier sind, wundert mich nicht... nachdem man mich verpfiffen hat... Verdammte Weiber!« Er schloß die Augen und atmete röchelnd.

»Fenton«, sagte Collins mit eindringlicher Stimme. »Fenton... Sie haben noch ein Geständnis zu machen... oder wollen Sie *so* von dieser Erde gehen? Fenton...«

Der Sterbende öffnete langsam die Augen. Er lächelte schief. »Es ist zu Ende?« fragte er.

»Ja«, antwortete Collins ehrlich.

»Und was kommt dann?«

»Die Gerechtigkeit des Himmels, Fenton. Auf Erden

haben wir keine Macht mehr über Sie... Ihre Tat werden Sie vor Gott zu verantworten haben. Nur eines müssen Sie uns noch verraten: *Wie* haben Sie Valeria Thurner erschossen?«

Jack Fenton atmete mühsam. Durch die Erinnerung an den Mord schienen seine Lebensgeister mobilisiert zu werden. Seine rechte Hand fuhr nervös zitternd über die Bettdecke.

»Ich habe sie gehaßt«, flüsterte er. »Gehaßt, wie nur ein Liebender hassen kann, wenn seine Liebe mit Spott vergolten wird. Alle durften sie sehen... zu allen war sie freundlich, reizend, hatte für jeden ein nettes Wort...« Er röchelte. »Und dreien... ich habe sie beobachtet... drei Männern hat sie gehört... Nächtelang stand ich vor ihrem Haus, sah die Liebhaber am frühen Abend kommen, sah, wie die Lichter im Schlafzimmer verlöschten, und dann kamen sie gegen Morgen wieder heraus... nach einer Nacht in den Armen Valeria Thurners. Oh... einen jeden dieser Männer hätte ich erschießen können. Aber ich stand und wartete... ließ Spott über mich ergießen und duckte mich wie ein herrenloser, von allen geprügelter Hund. Dann lauerte ich ihr im Atelier auf... da beschimpfte sie mich, nannte mich einen Trottel und grünen Jungen und schlug mir voll ins Gesicht. An diesem Tag beschloß ich, sie zu ermorden!«

Erschöpft hielt er inne, rasselnd ging sein Atem, fahle Blässe überzog sein abgemagertes Gesicht.

»Und dann mieteten Sie das Zimmer bei Mr. Vaeso, weil Sie wußten, daß das Toilettenfenster Einsicht in das Badezimmer Valeria Thurners gab. Von diesem Standpunkt aus erschossen Sie Valeria Thurner«, ergänzte Collins.

Der Sterbende nickte.

»Ja, ich beobachtete gewissenhaft den Lebensrhythmus dieses Teufels. Immer badete sie um die gleiche Zeit. Da kaufte ich mir ein Luftgewehr. Aus Blech fertigte ich mir zusätzlich eine dünne, schmale Hülse an, füllte sie mit Wasser und legte sie in den Kühlschrank von Mr. Vaeso. Nach ein paar Stunden war das Wasser gefroren, ich nahm den Eiszapfen aus der Form, schabte ihn zu einer spitzen Patrone und lud damit das Luftgewehr. Das alles verlangte genaueste Zeiteinteilung, weil Eis so schnell schmilzt. Und dann...«, er richtete sich auf, sank aber laut stöhnend wieder zurück, »dann saß ich am Fenster, sah Valeria nackt im Bad vor mir... eine herrliche Frau, herrlicher als ein Traum... sah, wie sie ihre Brust mir entgegenreckte... diese einmalige, betörende Brust... und dann schoß ich... betäubt... wie von Sinnen... schoß dieses Eisgeschoß in das Herz aus Eis...«

Gequält schloß er die Augen. Erschüttert hatte Collins gelauscht und starrte nun den ebenfalls sprachlosen Inspektor Santos an. Bedrückende Stille lastete im Raum.

»Ein Geschoß aus Eis...«, murmelte Collins endlich ergriffen. »Darum das unerklärliche Wasser im Herzbeutel... Durch die Körperwärme schmolz das Eis natürlich im Herzen und hinterließ nur Wasser und eine kleine Wunde, die langsam den Körper zerstörte. Darum kein Ausschuß und auch kein Geschoß... Daß wir auf diese Tatsache nicht gekommen sind!«

Er schlug sich mit der Hand vor die Stirn und drehte sich kopfschüttelnd wieder zu Fenton um. Weitere Unklarheiten mußten noch beseitigt werden. Doch erschrocken trat er einen Schritt vom Bett zurück.

Mit geschlossenen Augen lag Jack Fenton in den Kissen, die Verkrampfung seines Gesichtes war verschwunden, fast friedlich sah er aus in seiner wächsernen Totenblässe. Schlaff hing die rechte Hand über den Bettrand.

»Ihn wird die göttliche Gerechtigkeit zu richten wissen«, sagte Collins leise. »Wir Sterblichen werden noch oft vor Rätseln stehen, denn jede Menschenseele ist unbegreiflich. Seien wir froh, daß wir wenigstens die Ursache dieses Mordes kennen – das Eisgeschoß für ein Herz aus Eis!«

Stumm verließ er das Totenzimmer, mit dem Bewußtsein, nicht die Beichte eines Mörders, sondern nur das Geständnis eines völlig verirrten Menschen in die Akten heften zu können.

Die grünen Augen von Finchley

Kriminalroman

Personen

Dr. Pat Woodrof	Rechtsanwalt
Jonny Woodrof	sein Zwillingsbruder
Rao Putrana	Inder
Sir John Marshall	Großindustrieller
Evelyn Marshall	seine Tochter
Ben Farmer	Trunkenbold
Inspektor	
Henry Corner	Leiter der Abteilung III/M. (Mordkommission) von Scotland Yard
Sergeant Battle	Corners Assistent
Sergeant Smith	Streifenpolizist
Dr. Horn	Polizeiarzt
Jerry Scherk	Gangster
Mabel Pach	Pensionsinhaberin
Clark Narving	Hehler

I

Es war kurz vor Mitternacht. Der 21. März 1983 ... Trotz der späten Stunde saß Rechtsanwalt Dr. Pat Woodrof noch an seinem Schreibtisch und bearbeitete Prozeßakten, die er am nächsten Tag für einen Termin brauchte.

Tief hatte er seinen Kopf über die Papiere gebeugt. Er war so versunken in seine Arbeit, daß die Umwelt für ihn nicht existierte.

So entging ihm auch, daß sich die Gardine plötzlich bewegte. Ein großer, unheimlicher Schatten huschte über die Terrasse, verharrte vor der angelehnten Tür, und behutsam schob sich eine breite Hand durch den Vorhang.

In diesem Moment tastete Woodrof, ohne von seiner Arbeit aufzusehen, zur rechts von ihm stehenden Cognacflasche, um sein Glas zu füllen. Da durchzuckte ihn panisches Entsetzen. Statt der Flasche hatte er eine fremde Hand berührt, die ihm nun auch noch den Cognac entzog.

Der Schrei blieb ihm in der Kehle stecken. Fassungslos starrte er den Mann an, der im Halbdunkel des Zimmers stand, einen gurgelnden Schluck aus der Flasche nahm und anzüglich lachte: »Es ist nicht gut, wenn du soviel trinkst, Pat. Du konntest es schon als Student nicht vertragen!«

Entgeistert sank Dr. Woodrof in den Schreibtischsessel

zurück. Seine Augen drückten totale Ratlosigkeit aus. »Jonny!« flüsterte er schließlich. »Jonny – du bist es wirklich?«

Jonny Woodrof setzte sich auf einen Stuhl neben dem Schreibtisch. Der Schein der Lampe fiel auf sein Gesicht und zeigte die verblüffende Ähnlichkeit mit seinem Bruder. Er hatte die gleichen grünen Augen, das breite Gesicht, die hohe Gestalt.

»Ja...«, meinte er zynisch grinsend. »Ich hatte halt Sehnsucht nach meinem Zwillingsbrüderchen. Weißt du, in Indien ist es jetzt zu heiß. So an die fünfundvierzig Grad, Pat.«

Ungeduldig winkte der Anwalt ab. »Erzähl mir bitte keine Märchen! Was suchst du hier in London?«

»Bin ich nicht hier geboren? Gehöre ich nicht hierher?«

»Wohl kaum... Brauchst du Geld?«

»Das auch...«

»Und du glaubst, ich gebe es dir?«

»Das nehme ich als sicher an... In Indien hatte ich kein leichtes Leben. Ich war Ingenieur, Steineklopfer, Wahrsager, Fakir und zuletzt Hoteldiener.«

Der Anwalt schob mit einer energischen Bewegung seine Akten zur Seite. »Komm mir nicht mit diesen Dingen! – All das wäre nicht nötig gewesen, wenn du hier vor drei Jahren deine Finger von fremden Geldern gelassen hättest! Wem also willst du für dein Leben in Indien Vorwürfe machen? – Mir etwa? – Hast du vergessen, daß ich dir damals zur Flucht verholfen und dich vorm Gefängnis bewahrt habe?«

Jonnys Gesicht verzerrte sich zu einer bösartigen

Fratze. »Laß gefälligst diese uralten Kamellen«, knurrte er gereizt.

Pat konnte sich nur mühsam beherrschen. »Du allein hast sie mit deinem Besuch wieder aufleben lassen. – Wie kannst du es wagen, einfach nach London zurückzukommen? Ohne Rücksicht darauf, daß meine Praxis, mein Leben und alles, was ich mir trotz deiner damaligen Schurkerei aufgebaut habe, durch deine Anwesenheit wieder zerstört werden kann!«

»Ich verschwinde sofort, wenn du mir Geld gibst. Diesmal nach Südamerika...«

»Um in drei Jahren wiederzukommen, wie?«

»Das hängt ganz von der Summe ab, die du für mich lokker machen wirst!«

»Also nichts als gemeine Erpressung!« Pat Woodrof griff mit entschlossenem Gesicht in die Schublade seines Schreibtisches und legte einen geladenen Revolver vor sich hin. »Zur Sicherheit...«, meinte er mit eiskalter Stimme. »Auch unter Brüdern gibt es Momente, wo wenig gesprochen, aber um so mehr gehandelt wird. Hör genau zu: Allein an dir liegt es, ob dieser Fall eintritt oder nicht!«

Jonny lümmelte sich spöttisch lächelnd auf seinem Stuhl und steckte die Hände in die Taschen des grauen, lässigeleganten Mantels, den er nicht abgelegt hatte. Die Drohung Pats schien einfach an ihm abgeperlt zu sein. Ein Foto, das an ein Aktenstück geheftet war, hatte sein höchstes Interesse geweckt. Es zeigte ein schmales, rassiges Mädchengesicht, mit langen blonden Locken...

Er beugte sich weit vor und stieß einen gedehnten Pfiff

aus. Dann wendete er sich an Pat: »Verdammt! Wer ist denn diese schöne Lady?«

»Das geht dich gar nichts an!« Der Rechtsanwalt klappte die Akte zu. »Es ist die Tochter Sir John Marshalls, eines meiner wichtigsten Klienten.«

»Was? Das ist die Tochter des alten Marshall? – Junge, hab' ich da einen Geschmack entwickelt!«

Pat betrachtete seinen Bruder, als ob er einen Geisteskranken vor sich hätte. »Was redest du da für dummes Zeug? Was hat Miß Marshall mit deinem Geschmack zu tun? Du hast wohl einen Tropenkoller?«

»Absolut nicht!« Jonny rieb sich vergnügt die Hände. »Ich habe diese bildhübsche junge Dame heute auf der Straße angesprochen.«

»Hast du ihr etwa deinen Namen genannt?« fuhr Pat ihn schockiert an.

»Nein, vorläufig beliebte ich anonym zu bleiben. Die Vorstellung kommt noch...«

»Sie wird nicht kommen!« zischte Pat mit wutverzerrtem Gesicht. »Umgehend wirst du wieder von hier verschwinden! Hörst du? Umgehend! Ich setze unter keinen Umständen noch einmal meine Karriere deinetwegen aufs Spiel. Im übrigen, damit du es weißt: Man hält dich in meinen Kreisen für tot...«

»Das ist ja reizend«, warf Jonny ein, und in seinen Augen glomm ein wildes Feuer auf.

»Ja, und ich habe es auch schon bewiesen.« Pat lehnte sich über die Schreibtischplatte. »Ich habe aus Indien tatsächlich deine Sterbeurkunde erhalten. Nach ihr bist du im vergangenen Jahr im bengalischen Dschungel am Gelben

Fieber gestorben. Ein armer Landarzt von dort hat mir die gewünschte Bescheinigung ausgestellt. Es hat mich über hundert Pfund gekostet.«

Jonny erhob sich. Ruhig, mit stechenden Augen fixierte er den Anwalt: »Dein bürgerlich-ängstliches Gequassel wird mir allmählich unerträglich. Machen wir es kurz: Was ist dir deine Existenz wert?«

»Fünftausend Pfund.«

»Sagen wir zehntausend!«

Pat schüttelte es vor Wut und Ekel. Er umklammerte den Griff seines Revolvers. »Du schmutziger Erpresser! Am liebsten möchte ich dich auf der Stelle niederknallen! Du bist und bleibst ein Lump!«

Jonny ging um den Schreibtisch herum auf seinen Bruder zu: »Diese unflätigen Beschimpfungen berechne ich mit tausend Pfund extra... Wann stehen also elftausend Pfund zu meiner Verfügung?«

In diesem Augenblick verlor Pat den Kopf. Er sprang auf, und seine Stimme klang heiser vor Haß: »Niemals! Du Strolch, du Verbrecher!«

Seine Worte kamen wie Peitschenschläge, und sie trafen genau ins Schwarze. Jonnys Gesicht verfärbte sich vor Jähzorn. Blitzschnell griff er in seine Brusttasche, schwang einen blinkenden Gegenstand in der Faust und stürzte sich auf seinen Bruder.

Pat wich entsetzt ein paar Schritte zurück und riß den Revolver hoch...

2

Woodrofs Diener hatte seinen dienstfreien Tag in der Stadt verlebt und kam gegen null Uhr nach Hause. Deshalb war er auch noch wach, als er verwundert registrierte, daß sein Herr gegen ein Uhr morgens durch die Halle des Hauses ging und die Seitentür zur Garage aufschloß. Hastig warf er sich einen Mantel über und rannte dem Anwalt nach. »Ist noch etwas, Herr Doktor?«

Erschrocken fuhr Woodrof beim Klang der Stimme zusammen. Aus verstörten Augen sah er den Diener an und schüttelte den Kopf. »Gehen Sie ruhig wieder schlafen. Ich muß nur noch einmal in die Stadt, weil ich eine wichtige Akte im Büro liegengelassen habe.«

In seinem Zimmer hörte der Diener wenig später, wie in der Garage der Motor der Limousine ansprang und etwa zehn Minuten im Leerlauf brummte. Dann entfernte sich der Wagen mit hoher Geschwindigkeit.

Die ersten Morgenstunden des 22. März waren bereits angebrochen. Inspektor Corner, der Leiter der Abteilung III/Mordkommission von Scotland Yard, blickte mißmutig auf. Das Schrillen des Telefons hatte ihn aus dem Studium eines nächtlichen Vernehmungsprotokolls gerissen. Unwillig griff er den Hörer und knurrte in den Apparat: »Hier Corner, Scotland Yard...«

Vom anderen Ende der Leitung drang eine erregte Stimme. »Sergeant Smith, Posten fünf des zweiundzwanzigsten Reviers. Ich habe eine wichtige Meldung zu machen...«

Corner nahm den Hörer in die linke Hand, angelte sich mit der rechten einen Bleistift und schob den vor ihm liegenden Notizblock zurecht. »Na, dann schießen Sie mal los!«

Smith räusperte sich. »Als ich so gegen vier Uhr morgens auf meiner üblichen Runde am Ausgang von Finchley den Weg nach Southgate kreuzte, sah ich am Boden eine zusammengekrümmte Gestalt. Bei der näheren Untersuchung stellte ich fest, daß da ein Mann mit eingeschlagenem Schädel in einer großen Blutlache lag. Berührt habe ich ihn nicht. Der Spuren wegen, Herr Inspektor.«

Corner ließ den Bleistift sinken. »Gut, Smith, wir kommen sofort.«

Finchley ist ein abgelegener Vorort Londons. Ländlich und einsam. Im dichten Nebel dieses trüben Märzmorgens aber schien es der trostloseste Platz der Welt zu sein. Der durch den nächtlichen Regen aufgeweichte Weg nach Southgate führte anscheinend direkt ins Tal der Tränen und allen Jammers.

Nur langsam kam die Wagenkolonne der Mordkommission vorwärts. Inspektor Corner saß im Fond seines Autos neben Doktor Horn, dem Polizeiarzt, der mit seiner dicken Brille den Eindruck eines Halbblinden machte und mit schwankendem Kopf vor sich hindöste.

Neben dem Fahrer hockte der spindeldürre Sergeant Battle, Inspektor Corners Assistent. Auch er schlief noch halb und lauschte griesgrämig dem Aufspritzen der tiefen Pfützen. Die Wagen rumpelten weiter, bis sich plötzlich aus den wallenden Schwaden drei Uniformierte herausschälten. Die Autos stoppten, und einer der Polizisten stattete seine Meldung bei Inspektor Corner ab.

»Sergeant Smith. – Es ist alles abgesperrt!«

»Sehr schön...« Corner reichte ihm die Hand und patschte voll in eine Wasserlache, als er ausstieg. Einen saftigen Fluch konnte er gerade noch unterdrücken. Er bahnte sich mißgestimmt seinen Weg zu der Leiche und betrachtete sie hochinteressiert.

»Fällt Ihnen nichts auf, Battle?«

»Keine Fußspuren«, brummte der Sergeant.

»Ja, keine Fußspuren. Und das bei dem Wetter! Bei diesem weichen Boden! Nur die Abdrücke unserer eigenen Schuhe sind zu sehen. Blicken Sie mal zurück... Unsere Fußspuren sind so klar, daß es für einen Kriminalisten eine Wonne wäre, sie auszugießen. Aber hier, neben und an der Leiche, nichts! Das ist sehr merkwürdig!«

Der Inspektor neigte sich über die niedergestreckte Gestalt am Boden. Vorsichtig drehte er sie herum – und fuhr entsetzt zurück.

Auch Battle, der einen starken Handscheinwerfer hielt und den Toten anleuchtete, wandte sich erschrocken ab.

Ein grauenhafter Anblick bot sich ihnen: Ein Mensch ohne Gesicht... Ein Mensch mit einem Kopf, der nur noch eine formlose Masse war, ohne Nase, Mund, Ohren und Augen. Sogar die Zähne fehlten und Teile der Kiefer.

Corner sah Dr. Horn an, der hinter ihm stand und sich gerade mit der Hand über die Augen fuhr.

Langsam richtete er sich auf. »Hier ist ein Mord von seltener Brutalität verübt worden. Ein kalter, überlegter Mord! Der Täter muß eine menschliche Bestie sein! Er hat die geringste Kleinigkeit berücksichtigt, um sich zu schützen. Er hat seinem Opfer sogar die Zähne herausgebrochen, damit die Identität des Ermordeten noch nicht einmal am Gebiß festgestellt werden kann.«

Inzwischen hatte der Polizeiarzt mit der Untersuchung des Ermordeten begonnen. Als er den Arm des Toten zur Seite schob, fuhr er herum. »Corner! Kommen Sie doch mal her! Das ist ja toll!«

Dann zeigte er ihm die Hände des Toten. »Hier sehen Sie! Alle Fingerspitzen sind weggebrannt. Mit einer Lötlampe oder dergleichen hat der Mörder die Hautleistenbilder vernichtet. Mein Gott, muß dieses Ungeheuer Nerven haben...«

Still und routiniert arbeitete der polizeiliche Ermittlungsapparat. Die Ausbeute war entmutigend. Keine Fußspur. Kein Anzeichen eines Kampfes. Nichts... Henry Corner hatte sich auf das Trittbrett seines Autos gesetzt und starrte in den Nebel. Wütend stieß er hervor: »Ein Mann kann nicht aus der Luft heraus getötet und derart verstümmelt werden! Es müssen doch Spuren da sein! Die Spuren des Ermordeten und des Mörders! Wie lange wird denn dieser arme Kerl hier schon tot sein, Doktor?«

»Soviel ich jetzt feststellen kann, etwa fünf bis acht Stunden.«

Der Inspektor schüttelte den Kopf. »Na also, fünf bis acht Stunden. In dieser Zeit können die Regenfeuchtigkeit und der Nebel die Spuren doch nicht völlig verwischt haben, die der fraglos stattgefundene Kampf zwischen dem Täter und seinem, wie man sieht, recht kräftigen Opfer verursacht haben muß. Vor allen Dingen aber erscheint es mir unmöglich, daß diese widerliche, grausige Schlachterarbeit der Verstümmelungen keine Zeichen hinterlassen haben soll. Ich stehe vor einem Rätsel.«

Unschlüssig sah Sergeant Battle Inspektor Corner an. Dann meinte er hüstelnd: »Vielleicht ist der Fall gar nicht so rätselhaft. Wie wär's mit einem Flugzeug?«

Überrascht fuhr Corner herum: »Tatsächlich! Das ist eine Möglichkeit! – Warum soll der Tote nicht aus einem Flugzeug geworfen worden sein?!«

Polizeiarzt Dr. Horn machte ein zweifelndes Gesicht. »Schlagen Sie sich eine solch einfache Lösung aus dem Kopf, Corner. Auch wenn ein Mensch in verhältnismäßig geringer Höhe aus einem Flugzeug geworfen wird, bricht er sich alle Knochen. Bei diesem Toten aber sind alle Knochen heil. Nichts ist gebrochen. Bis auf die Schädelbasis. Und die ist durch Schläge mit einem stumpfen Gegenstand zertrümmert worden.«

Das Zimmer 96 der Abteilung III/M. lag in dem großen Gebäude von Scotland Yard in der ersten Etage am Ende eines langen Korridors. Es war ein typischer Büroraum, der nur eine Besonderheit aufwies: Innerhalb des Fensters konnte eine starke eiserne Jalousie heruntergelassen werden, die das Zimmer völlig verdunkelte.

Inspektor Corner und sein Assistent Battle waren aus Finchley zurückgekommen und hatten die Sachen des Ermordeten in Empfang genommen. Nun saßen sie vor dem Bündel Kleider, und der Sergeant notierte, was der Inspektor ihm ansagte: »Ein grauer Mantel aus Wollstoff, einfarbig. Brauner Gabardine-Anzug, hellbraune Schuhe, braunsilberne Socken. Ein brauner Hut in Camberform, rosa Hemd mit einer roten Wollkrawatte. Ein seidener, gemusterter Schal, hellgelbe, fast neue Schweinslederhandschuhe, ein schwergoldener Ring mit einem eingravierten Buddha auf einer Onyxplatte...«

Hier machte Corner eine Pause und drehte nachdenklich den Ring in seiner Hand. Dann sagte er laut: »Ein Wunder, daß der Mörder seinem Opfer den Ring gelassen hat. Dabei kann dieses Schmuckstück den Toten doch leicht verraten. Ein Ring mit einem Buddha? – Das ist auffällig. Vergessen hat er ihn auf keinen Fall. Er muß ihn zumindest gesehen haben, als er die Fingerspitzen abbrannte.«

Der Inspektor drehte den Ring hin und her: »Er muß etwas damit bezwecken! Er hat ihn absichtlich am Finger des Ermordeten gelassen. Alles andere fehlt doch: Brieftasche, Schlüssel, überhaupt jede Kleinigkeit, die ein Mann für gewöhnlich bei sich trägt. Nur der Ring ist geblieben... Soll er vielleicht für uns eine Falle sein? Sollen wir durch ihn auf eine falsche Spur gelockt werden?«

Battle legte seinen Bleistift hin und sah sich nun gleichfalls den blinkenden Goldreif an. »Indische Arbeit...«, meinte er.

»Ganz richtig... In den Kolonien kostet so ein Ring etwa dreihundert Rupien und ist ein beliebter Andenkenartikel. Der Tote muß also in Indien gewesen sein... Oder der Mörder! Oder der, auf den der Verdacht fallen soll. Aber das ist auch alles, was wir wissen, Battle. – Zunächst müssen wir klären, wie es ein Mensch fertigbringt, in einer Regennacht bei völlig aufgelöstem Boden spurenlos zu morden. Das ist in meiner Praxis wirklich einmalig!«

Der Sergeant blinzelte listig. »Vielleicht ist es gar nicht der Tatort, an dem wir vorhin standen.«

Corner warf ihm einen ironischen Blick zu: »Sie haben Ideen, Mann! – Erst die Sache mit dem Flugzeug und jetzt der Zweifel am Tatort... Und die große Blutlache? – Ja, meinen Sie denn allen Ernstes, ein Mörder bringt einen Toten mit und dazu einen Kübel Blut, den er dann um den zertrümmerten Schädel seines Opfers auf den Boden gießt?«

»Das wäre mal etwas wirklich Neues, Chef.« Battle verzog angewidert das Gesicht.

Da schlug sich Corner mit der flachen Hand auf die Stirn. »Battle...«, rief er begeistert, »das *ist* möglich! Der Mörder kann die Blutlache künstlich erzeugt haben. Wir müssen sofort wieder nach Finchley...!«

3

Es war zehn Uhr vormittags, als Evelyn Marshall, die einzige Tochter des Großindustriellen Sir John Marshall, in der Bibliothek ihres Vaters saß und die Privatpost sichtete, die sie ihm ins Büro bringen wollte. Ein leises Pochen an der Tür ließ sie aufblicken.

Gleich darauf trat der Diener ein und überreichte ihr ein umfangreiches Paket. »Für das gnädige Fräulein«, sagte er steif. »Man hat es soeben abgegeben. Sie wüßten Bescheid, meinte der Bote. Es sei alles erledigt.«

»Für mich?« Evelyn erhob sich und trug das Paket zum Fenster, wo sie es auf einen Tisch legte und öffnete. Verständnislos starrte sie auf den Inhalt: Es war ein selten schöner Blaufuchsmantel.

Im selben Moment fiel ihr eine unangenehme Begegnung ein, die sie am Tag zuvor gehabt hatte: Als sie gegen fünf Uhr nachmittags im Verlauf eines Stadtbummels vor den Auslagen eines Pelzgeschäftes stehengeblieben war, erklang plötzlich eine tiefe Männerstimme hinter ihr: »Der Blaufuchs würde wunderbar zu Ihren blonden Locken passen!«

Empört darüber, daß man sie auf der Straße anzusprechen wagte, hatte sie sich umgedreht und in ein breites Gesicht gesehen, das von zwei merkwürdig kalten, grünen Augen beherrscht wurde.

Und wieder dröhnte die Stimme: »Sie halten gewiß nicht viel von Männern, die sich Schaufenster angucken.«

Ganz von oben herab hatte sie zurückgegeben: »Ich halte absolut nichts von Männern, die eine Dame ansprechen!«

Der Fremde zog darauf seinen dunkelbraunen Hut und verbeugte sich leicht: »Nun, das kann sich ändern ... In jedem Fall werden Sie noch von mir hören.«

Es hatte wie eine Drohung geklungen ...

Erst als der Unbekannte sich nach diesen merkwürdigen Worten zum Gehen gewandt hatte, hatte Evelyn Marshall mit einem kurzen Blick sein Äußeres gestreift. Er war groß und schlank. Sein grauer Mantel wirkte elegant und schien von einem erstklassigen Schneider angefertigt worden zu sein. Der hellbraun gemusterte Seidenschal bauschte sich unter einem energischen Kinn, und während er seinen Hut wieder aufsetzte, leuchteten hellgelbe Handschuhe auf. Eine etwas auffällige Eleganz, dachte das junge Mädchen. Typ eines Neureichen oder eines Dandy, der Abenteuer sucht.

Das war der Verlauf dieser unerfreulichen Begegnung gewesen. Und nun hatte jener dreiste Mensch sich erlaubt, ihr den Blaufuchs zuzusenden. Wie aufdringlich und geschmacklos! So näherte man sich vielleicht einer Kokotte, keinesfalls aber einer Dame!

Plötzlich stutzte Evelyn Marshall: Woher wußte er überhaupt ihren Namen und ihre Adresse? Wütend ging sie zum Telefon und rief das Pelzgeschäft an.

Der Inhaber wußte aber nicht viel zu sagen. Ein Herr hätte sich gestern abend den Fuchs zurücklegen lassen. Heute morgen, unmittelbar nach Geschäftsbeginn, sei er wieder erschienen, habe die Rechnung beglichen und darum gebeten, den Mantel an Fräulein Marshall zu senden. Das war alles.

Als Evelyn das Büro ihres Vaters betrat, bemerkte sie zu ihrer Enttäuschung, daß er nicht allein war.

Ein Mann stand vor seinem Schreibtisch – mit dem Rücken zur Tür – und sprach eindringlich auf Sir John ein.

Sie nickte ihrem Vater zu: »Störe ich sehr?«

Bei diesen Worten drehte der Mann sich um.

Evelyn glaubte zu erstarren.

Die grünen Augen, das breite Gesicht, die auffällige Figur... Das war doch der Mensch, der sie gestern auf der Straße belästigt hatte!

Brüsk wandte sie ihre Augen von ihm ab, eilte auf ihren Vater zu und gab ihm einen Kuß auf die Stirn.

»Das ist Dr. Woodrof, Ev«, sagte er. »Das juristische Gehirn deines Vaters. Ein Mann, den ich oft auf den Mond schießen möchte, ohne den ich jedoch nicht sein kann.« Und an Woodrof gerichtet: »Das ist Evelyn, meine einzige Tochter, die bis vor drei Tagen in einem Schweizer Pensionat gelebt hat und ihren Vater jahrelang mutterseelenallein ließ. Ich erzählte Ihnen ja oft von ihr...«

Der Anwalt verbeugte sich leicht.

Evelyn aber blitzte ihn an. »Kennen wir uns nicht schon, Herr Doktor?«

»Leider nein, gnädiges Fräulein. Ich habe zwar Ihr Bild in meinen Akten – aber das ist auch alles.«

Erstaunt blickte Woodrof das Mädchen an. Auch Sir John war aufs höchste verwundert und wandte kein Auge von seiner Tochter.

Evelyn ließ jedoch nicht locker. Sie warf den Kopf in den Nacken und trat dicht an Woodrof heran: »Sie haben mir also heute morgen keinen Pelz geschickt?«

Der Anwalt zuckte mit den Schultern: »Was für einen Pelz denn, um Gottes willen?«

»Nun, den Blaufuchs, den Sie mir gestern so sehr empfohlen haben.«

»Ich verstehe Sie wirklich nicht, gnädiges Fräulein.«

Das junge Mädchen war nun ernstlich empört. »Sie haben mich doch gestern nachmittag auf der Straße angesprochen! Sie wollen das nur nicht in Gegenwart meines Vaters zugeben!«

Woodrof sah Marshall an. Ratlosigkeit schien aus seinen Augen zu sprechen. »Ich begreife das alles nicht... Ich war gestern gar nicht in der Stadt.«

Verwirrt trat Evelyn zurück. »Sie waren nicht in der Stadt? Und Sie haben mir heute morgen nicht den Pelzmantel geschickt?« Ihre Stimme wurde immer leiser, bis sie nur noch hilflos die Schultern zuckte. »Verzeih, Paps, ich bin ganz durcheinander...«

Woodrof hob beide Arme: »Ich kenne Sie seit fünf Minuten persönlich. So gut Ihnen ein Blaufuchs stehen mag, ich habe ihn bestimmt nicht gekauft! Glauben Sie mir!«

»Brrr...«, machte Evelyn und fuhr sich mit beiden Händen durch ihre Locken. »Dann haben Sie aber einen verblüffend ähnlichen Doppelgänger, Dr. Woodrof«, sagte sie schwach. »Bitte, entschuldigen Sie meine Schroffheit. Dieser Kerl hat mich jedoch mit seiner Aufdringlichkeit zu sehr geärgert.«

»Er wird es nicht mehr wagen, gnädiges Fräulein.« Der Anwalt verbeugte sich galant. »Wenn Sir John nichts dagegen einzuwenden hat, möchte ich mich Ihnen zur Verfügung stellen. Ich kann Sie als Jurist und als Mensch vor solchen Elementen schützen!«

Als Evelyn das Zimmer verlassen hatte, klopfte Marshall seinem Rechtsbeistand anerkennend auf den Rücken. »Ich bin Ihnen für dieses freundliche Angebot sehr dankbar. Aber nun zu unseren Geschäften. Es geht um ein neues Projekt. Ich will in Indien eine Filiale gründen.«

Woodrof sah den Industriellen groß an. »In Indien?«

»Ja, in Indien. Und Sie werden die Verhandlungen juristisch führen und die Verträge vorbereiten.«

»Selbstverständlich, Sir.«

4

Zur selben Zeit kniete Inspektor Corner an der Fundstelle der Leiche auf dem Weg von Finchley nach Southgate. Vorsichtig hob er mit einer kleinen Schaufel Proben der inzwischen eingetrockneten Blutlache ab und schüttete sie in einen Leinensack. Umgehend sollte eine Untersuchung der blutgetränkten Erdkrumen im Labor von Scotland Yard vorgenommen werden.

Neben ihm standen Battle und der Streifenpolizist Smith. Phlegmatisch meldete dieser sich zu Wort: »Herr Inspektor, ich wollte noch melden, daß man in der Nacht in der hiesigen Gegend eine fremde Limousine gesehen hat.«

Erregt sprang Corner auf. »Was? – Und das sagen Sie mir erst jetzt? Mann, das ist doch eine äußerst wichtige Spur!«

Ungerührt starrte der Streifenpolizist den Inspektor an, der immer noch unwillig den Kopf schüttelte.

Doch Smith brummte behaglich: »Ich glaube nicht,

Herr Inspektor, daß dies eine ernst zu nehmende Aussage ist.«

»Wieso nicht?«

»Weil jener Mann, der davon berichtete, ein ortsbekannter Trunkenbold ist und des öfteren schon gesponnen hat.«

Gereizt winkte Corner ab: »Einerlei. In einem solchen Fall läßt man keinen Hinweis unbeachtet! Sagen Sie mir, was Sie gehört haben!«

Der Streifenpolizist räusperte sich nun beleidigt. »Es handelt sich um einen gewissen Ben Farmer. Ich traf ihn im Morgengrauen – er konnte vor Suff kaum stehen –, und da erzählte er mir folgendes: Als er vorhin von einer seiner üblichen Touren kam, wollte er den Heimweg abschneiden und übers Feld gehen. Wie er nun so dahinstolperte, will er plötzlich eine große Limousine gesehen haben, die unbeleuchtet und leer auf der Landstraße stand. Verwundert, daß um diese Zeit und in dieser gottverlassenen Gegend ein Auto parkte, hätte er ›He!‹ gerufen und ›Wer ist da?‹, aber niemand hätte geantwortet. Da wäre er weitergegangen...«

Corner wippte nervös auf den Zehenspitzen: »War der Mann wirklich so blau, oder tat er nur so?«

»Nein, Herr Inspektor, der war tatsächlich restlos hinüber.«

»Hat er die Farbe des Autos erkannt?«

Der Polizist lächelte überlegen: »Bei dem Nebel? – Und dazu noch sinnlos betrunken? – Nee, das ist denn doch etwas zuviel verlangt!«

Der Inspektor überhörte den Spott: »Aber den Autotyp

wird er doch festgestellt haben...«

»Auch nicht. Die Limousine war breit und lang, hat er gemeint. Fast wie'n amerikanischer Straßenkreuzer.«

Corner pfiff vor sich hin. Nachdenklich sagte er: »Also ein Auto...« Er stierte auf den dunklen eingesickerten Blutfleck. »Das würde manches erklären... Demnach könnte die Tat sich folgendermaßen abgespielt haben: Der Mörder hat sein Opfer kurz vor dem Feldweg nach Southgate im Wagen durch einen Würgegriff oder Schlag betäubt. Dann hat er den Bewußtlosen an diese einsame, gottverlassene Stelle geschleppt und viehisch abgeschlachtet. Beweis: die ausgedehnte Blutlache... Besonders verlockend an dieser Theorie ist, daß wir uns damit endlich das völlige Fehlen von Bodenspuren erklären können: Das Opfer wurde getragen, und da es besinnungslos war, hat am eigentlichen Tatort auch kein Kampf stattgefunden. Der Verbrecher brauchte also nichts weiter zu tun, als nach verrichteter Blutarbeit seine eigenen Fußspuren – vorsichtig rückwärts gehend – mit einer schweren Matte oder einem Brett einzuebnen. Der anhaltende Regen hat den Rest besorgt...«

»Und das Motiv dieser bestialischen Metzelei? – Haben Sie dafür auch schon eine Erklärung?« knurrte der Sergeant.

»Das Motiv? – Um das zu finden, müssen wir erst wissen, wer der Tote ist. Dann sollte es nicht schwerfallen. Jeder Mensch hat Bekannte. Und wenn man erst mal in seinen Lebenskreis eingedrungen ist, finden sich genug Anhaltspunkte.«

Mit einer resignierenden Handbewegung schob er seinen Hut aus der Stirn, denn die Mittagssonne, die den Nebel aufgelöst hatte, war schon recht warm. »Besuchen wir erst mal den guten Farmer!«

Smith konnte sich nicht enthalten, herausfordernd zu grinsen: »Hoffentlich ist er schon wach.«

Corner ließ ein beruhigendes Knurren verlauten: »Machen Sie sich darüber keine Sorgen. Battle hat schon ganz andere aus den Betten gekriegt!«

Als sie unter Smiths Führung vor der Hütte des Ben Farmer angelangt waren, wurde ihnen auf ihr Klopfen hin nicht geöffnet.

»Wenn der einen Rausch hat, schläft er zwei Tage hintereinander wie ein Bär«, meinte Smith mit Kennermiene.

Aber Battle zog nur die Augenbrauen zusammen, trat gegen die Tür und sprengte sie aus ihren verrotteten Angeln.

Drinnen stank es betäubend nach Fusel und Schweiß. Da die Fensterläden dicht geschlossen waren und auch die offene Tür nicht genug Licht hergab, schaltete Corner seine Taschenlampe ein und ließ ihren Lichtkegel durch den Raum gleiten. Die Polizeibeamten erkannten einen gemauerten Herd, einen armseligen Tisch, drei Stühle, eine Hobelbank und ein schmuddeliges Bett.

Darin lag Farmer. Man sah seinen Haarschopf wirr unter den Decken hervorragen. Er schlief auf der Seite. Mit dem Rücken zur Tür.

Leise trat der Inspektor an das Lager und beugte sich über den Schlafenden. Jäh richtete er sich wieder auf und blickte zu Battle und Smith, die an der Tür stehengeblieben waren.

»Der trinkt keinen Whisky mehr...«, flüsterte er. »Glatter Einschuß in die Stirn. Er muß sofort tot gewesen sein. Der Mörder hat sich an sein Bett geschlichen, ihm den Revolverlauf an die Stirn gehalten und abgedrückt. Die Einschußöffnung ist total verbrannt. Dieser arme Kerl mußte sterben, weil er die Limousine gesehen und sich durch sein Rufen dem Verbrecher verraten hat...«

Die Beamten machten sich sogleich an die Aufnahme des Tatbestandes. Jedes Möbel in der ärmlichen Hütte wurde umgedreht und genau untersucht. Aber auch in diesem Falle hatte der Täter nicht die geringste Spur hinterlassen.

Enttäuscht schüttelte Corner den Kopf. »Wir wissen nicht einmal, wie der Mörder ins Haus gekommen ist. Die Tür war von innen verriegelt. Wir haben sie erst aufbrechen müssen. Die Fensterläden waren verschlossen – der eiserne Riegel lag ordnungsgemäß auf der Schiene. Und einen anderen Eingang gibt es nicht. Es sei denn, er ist vom Dach aus eingestiegen... Jetzt haben wir zwei Morde ohne Täter – und ich fürchte, die Bestie wird weiterreißen.«

5

Woodrof nahm sein Versprechen, sich um Evelyn kümmern zu wollen, sehr ernst. Schon am Nachmittag erschien er in Sir John Marshalls Villa und ließ sich der Tochter des Hauses melden.

Als die beiden etwas später beim Tee saßen, betrat der Diener den Raum und teilte Evelyn mit, daß ein gewisser Inspektor Corner von Scotland Yard darum bäte, sie für einige Minuten sprechen zu dürfen.

Respektvoll begrüßte Corner die Tochter des Industriellen und den bekannten Londoner Anwalt. Dann wandte er sich an das junge Mädchen, das ihm eine Tasse Tee reichte. »Verzeihen Sie, daß ich Sie zu dieser Stunde aufsuche. Es handelt sich jedoch um eine dringende Angelegenheit: In der vergangenen Nacht ist bei Finchley ein scheußliches Verbrechen verübt worden. Ein Mann wurde ermordet, dessen Identität uns leider noch unbekannt ist.«

»Mein Gott...«, unterbrach Evelyn erschrocken. »Das ist ja furchtbar! Aber was habe ich damit zu tun?«

»Aufgrund von Berichten, die in den Mittagsblättern erschienen sind und die Kleidungsstücke des Ermordeten beschrieben, hat ein Pelzhändler der Innenstadt uns folgendes mitgeteilt: *Gestern abend* sei ein Mann in seinen Laden gekommen, dessen Kleidung genau der Zeitungsmeldung entsprach, und hätte sich einen Blaufuchs zurücklegen lassen. Und *heute morgen* hat er dann die Rechnung beglichen und die Weisung gegeben, den Pelz an Sie zu schicken... Ich wäre Ihnen nun sehr verbunden, gnädiges Fräulein, wenn Sie mir etwas darüber sagen würden.«

Bereitwillig erzählte Evelyn von der Begegnung, die sie so sehr empört hatte, und zeigte dem Inspektor den ominösen Pelzmantel.

Corner strich mit der Hand über das seidig schimmernde Fell: »Wirklich – ein herrliches Stück. Geschenke solcher Art kann nur jemand aus gutsituierten Kreisen machen. Sie wissen bestimmt nichts Näheres über diesen Mann?«

Sinnend blickte Evelyn vor sich hin: »Nein, nicht mehr, als ich Ihnen bereits gesagt habe...« Plötzlich lachte sie amüsiert auf: »Höchstens vergaß ich, Ihnen zu erzählen, daß er fast genauso aussah wie Doktor Woodrof. Vielleicht war er etwas jünger...«

Corner blickte den Anwalt an: »Sie vertreten die Interessen Sir John Marshalls?«

»Ja...« Schmunzelnd fügte Woodrof hinzu: »Und im Augenblick beschütze ich außerdem noch Fräulein Evelyn vor meinem unheimlichen Doppelgänger, den ich übrigens gern einmal kennenlernen möchte.«

Corner wurde ernst: »Ich fürchte, das wird nicht mehr möglich sein, Herr Doktor.« Dann fragte er Evelyn: »Wie war der Fremde gekleidet?«

Sie dachte einen Augenblick nach, bevor sie die Sachen aufzuzählen begann, die sie in Erinnerung behalten hatte: »Grauer Mantel, brauner Hut, braune Schuhe, grauer oder brauner Anzug, ein Seidenschal...«

Der Inspektor unterbrach sie: »Und auffallend hellgelbe Schweinslederhandschuhe?«

»Ja, recht auffallende...«

»Na also…«, Corner trank seinen Tee in einem Zuge aus. »Da haben wir ihn ja…«

»Den Mörder?« Woodrof fuhr von seinem Sessel auf.

»Nein, den Ermordeten!«

Evelyn schloß eine Sekunde lang die Augen: »Ist er wirklich ermordet worden?«

Der Inspektor nickte: »Leider scheint kein Zweifel daran zu bestehen. So wie die Sache sich mir bisher zeigt, muß der unbekannte Tote von Finchley derselbe Mann sein, der Sie gestern auf der Straße angesprochen hat. Nur hat man sein Gesicht unkenntlich gemacht und sogar an seinem Körper derartige Verstümmelungen vorgenommen, daß eine Identifizierung unmöglich ist. Und das ist wichtig, denn…«, er stockte einen Augenblick, »der Mensch, der heute morgen endgültig den Pelz erwarb und Ihnen den Fuchs schicken ließ, ist nicht der Mann, der Sie ansprach.«

Verblüfft schaute Evelyn Corner an. »Das ist doch unmöglich! – Wie sollte denn ein anderer wissen, was wir gestern nachmittag gesprochen haben?«

»Auch mir ist das vorläufig noch ein Rätsel!… Fest steht jedoch: Der Pelz wurde heute morgen gekauft. Um diese Zeit aber war die Leiche schon aufgefunden und von uns unter Bewachung gestellt worden. Der Pelzhändler glaubt allerdings, beschwören zu können, daß der Mann, der heute morgen in seinem Laden erschien, derselbe ist, der gestern abend den Fuchs zurücklegen ließ. Zwar war er heute anders gekleidet, doch soll er wieder diese auffallend hellen Handschuhe getragen haben.«

In diesem Augenblick lachte Woodrof ironisch auf: »Sie

entwickeln da recht gewagte Theorien, mein lieber Corner...«

Der Inspektor ließ den Einwurf unbeachtet. Wort für Wort betonend, fuhr er fort: »Seelenruhig kaufte der Mörder für Sie den Fuchs, nachdem er kurz vorher einen Unbekannten und noch einen anderen armen Kerl ermordete. Denn – das habe ich Ihnen bisher nicht gesagt – er brachte auch einen gewissen Ben Farmer um. Damit löschte er den einzigen Zeugen aus, der seinen Wagen in der Nähe des Tatorts gesehen hatte.«

Woodrof wiederholte lächelnd: »Gewagte Thesen, Herr Inspektor... Erstens: Warum soll der Mann, der Fräulein Marshall gestern ansprach, ermordet worden sein? Ebenso kann es sich bei ihm um den Mörder handeln. Es ist doch möglich, daß er dem Opfer seine Sachen angezogen hat, wie? Vielleicht hatten sie beide die gleiche Figur... Außerdem klammern Sie sich an die hellen Schweinslederhandschuhe... Wenn's darum geht, können Sie mich gleich verhaften, denn ich habe auch solche Dinger! Und ich möchte nicht nachzählen, wie viele Londoner sich gleichfalls ähnlicher Handschuhe erfreuen!«

Stirnrunzelnd blickte Corner ihn an. Kurz darauf verabschiedete er sich.

6

Jerry Scherk war eine jener Gestalten, die in den Abgründen einer Großstadt leben und – wenn sie nicht gerade hinter ›Schwedischen Gardinen‹ sitzen – von großen und kleinen Raubzügen existieren.

Am Abend des Tages, an dem in Finchley zwei Morde entdeckt wurden, lag er in seiner jämmerlichen Bude auf einem zerschlissenen Sofa und starrte gegen die trüben Scheiben in den nicht zu erkennenden, nebelverhangenen Himmel.

Plötzlich fuhr er zusammen: Die Tür hinter ihm hatte leise geklappt, und schon in der nächsten Sekunde stand eine hohe Gestalt in der Dunkelheit des Zimmers.

Eine schwarze Maske verdeckte das Gesicht des Eindringlings, und sein unmoderner, langer Regenmantel reichte fast bis auf die Schuhe. In der Hand hielt er eine mattschimmernde Pistole, deren Lauf er nun Zentimeter um Zentimeter Jerrys Stirn näherbrachte.

Gelähmt vor Angst, konnte Jerry nur röchelnd flüstern: »Was wollen Sie?«

»Das kommt ganz darauf an, wie Sie sich benehmen«, sagte der Maskierte mit hörbar verstellter Stimme. »Sind Sie vernünftig, erhalten Sie einhundert Pfund.«

Jerry richtete sich vorsichtig auf. »Hundert Pfund? Das ist ja ein Vermögen!«

Der Maskierte lachte leise: »Allerdings... Sind Sie aber unvernünftig, dann heißt es unverzüglich Abschied nehmen von dieser Welt. – Man wird uns nicht hören. Wie Sie sehen, besitzt meine Pistole einen Schalldämpfer. Es macht nur ganz kurz ›plomp‹... und Sie sind nicht mehr. Sehen Sie sich's genau an. Ich ziele auf Ihre Stirn!«

»Natürlich bin ich vernünftig«, stotterte Jerry. »Was soll ich denn tun?«

»Kennen Sie Henry Corner?«

»Den Kneipenwirt in Westham?«

»Nein, den Inspektor von Scotland Yard.«

»Den kenne ich nicht.«

»Ist egal... Auf jeden Fall muß er verschwinden. Am besten ist, man findet ihn irgendwo als Wasserleiche. – Ist das nichts für Sie, Jerry?«

Scherk wich auf die äußerste Ecke des Sofas zurück. »Morden tu' ich nicht. Auf keinen Fall. Wie kommen Sie gerade auf mich? – Überhaupt, woher kennen Sie mich?«

Wieder kam ein leises, böses Lachen unter der Maske hervor: »Hast du schon einmal etwas von Jonny Woodrof gehört?«

Abwehrend hob Jerry seinen linken Arm vor das Gesicht, denn er sah, wie der Pistolenlauf nun direkt auf die schmale Stelle zwischen seinen Augen gerichtet war. Zitternd fragte er: »Was soll das?«

Der unheimliche Gast räusperte sich. »Dieser Jonny hat vor drei Jahren einige Gelder unterschlagen... Er konnte aber fliehen. Ein gewisser Scherk verschaffte ihm damals falsche Papiere, nachdem er ihm vorher bereits bei den falschen Buchungen geholfen hatte. Darauf steht bei Jerrys Vorstrafen gewiß Zuchthaus, wie?«

»Woher wissen Sie das?« stöhnte Jerry. »Jonny ist doch tot!«

»Ja – seit gestern.«

»Was?!!!« Scherk schnellte vor, aber schon bannte ihn eine unmißverständliche Bewegung der Pistole auf seinen Platz. »Jonny ist doch in Indien gestorben, wie mir sein Bruder sagte.«

Der Maskierte schnaubte verächtlich. »Papperlapapp – sein Bruder! – Jonny ist gestern auf der Landstraße zwischen Finchley und Southgate erschlagen aufgefunden worden. Allerdings hat ihn noch keiner erkannt. Man hat ihn nämlich dabei ziemlich übel zugerichtet. – Dich aber dürfte hierbei interessieren, daß ich der Mörder bin!«

Scherk schnaubte vor Entsetzen und kauerte sich noch tiefer in die Sofaecke.

Ungerührt sprach die verstellte Stimme weiter: »Und nun paß gut auf: Dir geht es genauso, wenn du dich nicht meinen Wünschen fügst und statt dessen zur Polizei läufst, um mich zu verpfeifen!«

»Ich soll also diesen Inspektor umlegen?«

»Morgen um diese Zeit muß Corner so oder so verschwunden sein! Und wehe, mein Junge, es klappt nicht, oder du machst sonst irgendwelche Dummheiten. In jedem Fall werde ich dich kriegen, und wenn du bis zum Nordpol fliehst!«

Als Inspektor Corner nach seinem Besuch bei Evelyn Marshall wieder sein Dienstzimmer in Scotland Yard betrat, erwartete ihn dort eine Sensation.

Eine gewisse Frau Mabel Pach, die in der Nähe des Regent-Parks eine kleine Pension betrieb, machte eine äußerst bemerkenswerte Aussage. »Bei mir wohnte einer, der genauso aussah, wie es in der Zeitung steht. Groß, elegant und mit hellgelben Handschuhen.«

Corner war wie elektrisiert. »Unter welchem Namen hat er sich eingetragen?«

Die Frau hatte das Buch mitgebracht. »Hier«, sie deutete auf die Seite. »Er steht da... Ein merkwürdiger Name: ›Rao Putrana, Lahore, Indien‹. Ein Inder also. Ich kam in eine nicht geringe Verlegenheit. Denn ich wußte ja nicht, was so ein Mensch zu essen wünscht. Nun, ich habe ihm zum Abend eine große Schüssel Reis gekocht, aber dann ist er nicht mal gekommen.«

Corner betrachtete die Eintragung in dem Gästebuch und kratzte sich am Kopf. Typische Buchstaben, wie sie an englischen Schulen gelehrt werden... Sollte dieser Rao Putrana eine britische Schule besucht haben? – Wenn dies der Fall war, mußte es sich um einen gebildeten und wohlhabenden Inder handeln. Ein solcher wäre jedoch wohl kaum in der nicht gerade erstklassigen Pension von Frau Pach abgestiegen.

Nachdenklich legte er das Gästebuch auf die Seite: »Wann ist dieser Herr Putrana bei Ihnen angekommen?«

»Vorgestern... So gegen zwölf Uhr mittags.«

»Sah er wie ein echter Inder aus?«

»Aber ja... Er war recht auffällig gekleidet, so wie das häufig bei Ausländern der Fall ist.«

Der Inspektor nahm aus einem Aktenstück ein paar Fotografien. »Ist das Ihr Mieter?« fragte er.

Frau Pach warf einen neugierigen Blick auf die Fotos und schrie erschüttert auf: »Um Gottes willen! Der hat ja gar kein Gesicht mehr!«

»Allerdings. Der Mörder hat es mit bestialischer Roheit unkenntlich gemacht.«

Schreckensbleich stotterte die vollbusige Pensionsinhaberin: »So kann ich ihn natürlich nicht mehr erkennen«, und schloß von Grauen geschüttelt die Augen.

Corner steckte die Bilder wieder in die Akten zurück und ließ der völlig verstörten Frau einen Kaffee bringen.

Beide ahnten in diesem Moment nicht, daß bald auch schon das Foto der Pensionsinhaberin Pach in derselben Akte liegen würde...

7

Die Nacht vom 22. zum 23. März 1983 war angebrochen...

Inspektor Corner saß in seiner Wohnung am Schreibtisch und brütete über einem Blatt Papier, auf dem er in Stichwörtern den Verlauf des Doppelmordes von Finchley zusammengefaßt hatte. Vielleicht gelang es ihm auf diese Art, einen logischen Aufbau in das bisherige Durcheinander zu bringen und eventuell sogar für ihn noch verborgene Hinweise auf den vermutlichen Täter zu erhalten.

Immer wieder starrte er auf seine Notizen:

In den Mittagsstunden des 21. März stieg ein Inder namens Rao Putrana in einer mittelmäßigen Pension ab.

Der von mehreren Zeugen wiedererkannten Bekleidung

nach wurde dieser Putrana in der Nacht vom 21. zum 22. März vermutlich ermordet.

Der »Tote« (genaue und bereits bekannte Personenbeschreibung des Pelzhändlers) kaufte aber am Morgen des 22. März einen Blaufuchs, den er sich am Abend vorher bereits zurücklegen ließ. Also kann die Leiche von Finchley *nicht* Rao Putrana sein.

Da sie jedoch dessen Sachen trug, muß der Inder einen Unbekannten ermordet haben, dem er seine Kleider angezogen hat.

Der »Unbekannte« war bereits tot, als man ihn auf den Feldweg legte. Woher kam dann aber die große Blutlache? Denn dort kann die Leiche nicht umgezogen worden sein. Völliges Fehlen von Spuren einer solch umständlichen und schwierigen Arbeit am Tatort!

Rechtsanwalt Dr. Woodrof soll dem Mann, der Evelyn Marshall auf der Straße angesprochen hat, verblüffend ähnlich sehen. (Aussage der Tochter Marshalls.) Wo war Dr. Woodrof in der fraglichen Nacht? – Zu Hause. – Sein Diener hat es bestätigt. Er hat jedoch auch berichtet, daß sein Herr gegen ein Uhr früh nochmals in die Stadt gefahren ist. Um diese Zeit war der Unbekannte nach ärztlichem Befund höchstwahrscheinlich schon tot.

Ben Farmer wurde in den ersten Morgenstunden ermordet. Motiv klar: Beseitigung eines Zeugen.

Je mehr Corner über diese Punkte nachdachte, desto nachdenklicher wurde ihm zumute: Weiß Gott, bei klarer Überlegung wirkte die Gestalt des Anwalts im Ablauf des grauenvollen Verbrechens mindestens ebenso verschwommen wie die des Inders von Frau Pach...

Aber das war ja absurd! Das war doch heller Wahnsinn! Auf keinen Fall konnte doch dieser Dr. Woodrof, das Hätschelkind der Londoner Gesellschaft, die juristische »Kanone« verschiedener industrieller Großunternehmungen, mit jenem bestialischen Doppelmord etwas zu tun haben.

Nur durch diese Aufstellung war er auf eine derart verrückte Idee gekommen! Und doch – durch die Aussage Evelyns... Immerhin, auch dieser Möglichkeit mußte nachgegangen werden...

Der Inspektor versank in tiefes Nachdenken. Führte dieser selbstsichere Anwalt etwa ein Doppelleben? – Verbarg er sich auf der dunklen, rätselvollen Seite seiner Existenz vielleicht hinter jenem Rao Putrana? Sind in der Kriminalistik nicht immer wieder solche Fälle vorgekommen? – Hatte es nicht einen »Jack the Ripper« gegeben, jenen hochangesehenen Londoner Arzt, der jahrelang eine schauerliche Doppelrolle als Frauenmörder spielte?

Voller Zweifel ging Corner schließlich ans Telefon und rief den Nachtdienst seiner Abteilung an: »Wenn ich morgen früh in den Yard komme, möchte ich eine umfassende Auskunft über Dr. Pat Woodrof haben...«

Mißmutig legte er den Hörer auf die Gabel zurück. Diese verrückte Idee hält mich bestimmt nur auf, dachte er. Woodrof wird tatsächlich einen Doppelgänger haben, der in seiner Mordraserei uns alle durcheinanderbringt...

Langsam trat er ans Fenster, das zu einem kleinen Vorgarten hinausführte, der das Haus von der Straße trennte.

Plötzlich – gerade als er die Gardine ein wenig zurückschob – hörte er einen leisen Knall...

Das Fensterglas neben ihm zersprang, und eine Kugel

pfiff haarscharf an seinem Kopf vorbei. Noch ehe er reagieren konnte, heulte ein starker Motor auf, und ein großes, dunkles Auto brauste ohne Licht die Straße hinab und verschwand um die nächste Ecke.

Blaß geworden, trat der Inspektor in den Raum zurück. Mit fahrigen Händen strich er sich durch die Haare. Plötzlich blitzte ein Gedanke in ihm auf: War es schon soweit, daß er dem Mörder gefährlich wurde? Wie sollte er dieses Attentat sonst erklären? Man schießt doch nicht auf einen Mann, der ungefährlich ist...

Das Schrillen des Telefons ließ ihn zusammenzucken. Doktor Horn, der Polizeiarzt, war am Apparat. Trotz der späten Stunde klang seine Stimme hellwach: »Inspektor! – Halten Sie sich fest! Ich habe eine Sensation für Sie...«

Corner lächelte schwach. »Ich auch für Sie, lieber Doktor. Eben ist auf mich geschossen worden. Durchs Fenster. Von der Straße her...«

»Toll, Inspektor«, entgegnete der Arzt ungerührt. »Aber was ich für Sie habe, ist noch viel toller... Das Blut bei dem verstümmelten Toten von Finchley stammt von einem – Ochsen!«

»Was?!« Corner, der sich ermattet in einen Sessel hatte fallen lassen, richtete sich kerzengerade auf. »Ochsenblut? – Der Mörder hat die große Lache durch Tierblut verursacht? Sind Sie sich dessen ganz sicher, Doktor Horn?«

»Aber ja... Soeben wurde mir das Ergebnis der Analyse vorgelegt. Im übrigen starb der Unbekannte, wie die Obduktion ergeben hat, an einem Dolchstoß in die Herzkammer. Und wohl erst eine Stunde später hat der Mörder den Toten auf die Landstraße geschafft...«

Der Inspektor war außer sich. »Hören Sie, Doktor, mir ist bei der ganzen Sache unbegreiflich, wie ein Mensch mitten in der Nacht zu Ochsenblut kommen kann. – Das wird ja immer verwickelter! – Haben Sie sonst an der Leiche irgendwelche Merkmale feststellen können?«

Die Stimme am anderen Ende der Leitung trompetete fröhlich: »Klar! – Und zwar eine Kleinigkeit, die den Mörder an den Strick bringen kann. Der Tote hat nämlich eine Narbe von einer Gallenblasenoperation! Der Eingriff dürfte nicht sehr lange zurückliegen. Nach dem Zustand der Vernarbung schätze ich so auf etwa zwei Jahre. Später auf keinen Fall...«

»Kann diese Operation in Indien vorgenommen worden sein?«

Horn zögerte mit der Antwort. »Das ist schwer zu sagen... Dann müßte ein sehr guter Chirurg ihn unter dem Messer gehabt haben. Vielleicht in irgendeinem Militärhospital... Wenn ich aber alles bedenke, neige ich doch zu der Annahme, daß diese Operation *nicht* in Indien ausgeführt wurde. Überhaupt – und darauf möchte ich meine Nase verwetten – erscheint mir der Tote viel zu europäisch, um als Inder gelten zu können.«

Bei diesen Worten stutzte Corner.

Von der Straße her näherte sich das tiefe Gebrumm eines starken Motors. Blitzschnell knipste er das Licht aus und duckte sich.

»Bleiben Sie am Apparat, Doktor Horn«, rief Corner ins Telefon. »Ich glaube, das Auto dieses schießwütigen Kerls fährt noch einmal an meinem Haus vorbei. Warten Sie, ich melde mich sofort wieder...«

Er legte den Hörer – aus dem noch ein fernes »Na, hoffen wir das Beste« dröhnte – auf die Schreibtischplatte und schlich ans Fenster.

Jetzt glitt der Wagen um die Ecke. Die Umrisse seiner Motorhaube waren nur undeutlich zu erkennen. Die Straße war dunkel, und das Auto fuhr unbeleuchtet.

Da vergaß Corner die primitivsten Vorsichtsmaßregeln. Er riß das Fenster auf und beugte sich weit vor. Um jeden Preis wollte er den Wagen möglichst genau sehen.

Im selben Moment traf ihn die volle Lichtflut eines starken Scheinwerfers. Geblendet taumelte er zurück und ließ sich instinktiv auf den Boden fallen. Im letzten Augenblick, noch im Fallen, hörte er das durchdringende Pfeifen eines Geschosses und den Einschlag im aufspritzenden Mörtel der Mauerverkleidung.

Bevor er sich wieder aufgerappelt hatte, war das mörderische Geisterauto längst vorüber.

Deprimiert angelte er sich den Telefonhörer. »Horn? – Gut, daß Sie noch da sind. Attentat Nummer zwei wurde eben gestartet. Um ein Haar hätte ich einen sauberen Kopfschuß weggehabt. Leider durch eigene Unvorsichtigkeit. Wie bitte? Warum ich keine Streifenwagen auf ihn hetze? Ach, wissen Sie, ich nehme an, der Fuchs hat seinen Bau ganz in der Nähe und ist längst vom Erdboden verschluckt. Den könnten die Männer lange suchen...«

Am nächsten Morgen lief alles wie am Schnürchen. Schon die erste Nachfrage beim Dezernat »Einbruch und Diebstahl« ergab, daß in der fraglichen Nacht einem Bauern in der Nähe von Teddington ein Stück Vieh getötet worden war.

Wenig später stand der Inspektor am Tatort.

Der Landwirt schien vor Grimm zu bersten. »Dieser Kerl hat meinen besten Ochsen abgestochen und einfach liegen gelassen! Wenn ich schon so ein Tier schlachte, nehme ich doch das Fleisch mit. Und wenn es nur die besten Stücke sind...«

»Gewiß, gewiß«, brummte Corner. Mit seinen Gedanken war er jedoch ganz woanders. Ihm kam alles so unwahrscheinlich vor, was mit der Bluttat von Finchley zusammenhing. Zum x-tenmale versuchte er, das Verbrechen zu rekonstruieren.

Angenommen, der Mörder und sein Opfer trafen sich an jenem verhängnisvollen Tag zu irgendeinem Zeitpunkt in der Stadt. Von diesem Treffpunkt aus mußten die beiden an einen anderen Ort gefahren sein, wo der Unbekannte ohne Gefahr für den Mörder getötet, verstümmelt und umgezogen werden konnte.

Es war immer denkbar, daß die Dinge sich bis zu diesem Punkt so abgespielt hatten. Nun aber begann das Unsinnige:

Mit der Leiche neben oder hinter sich im Wagen fährt der Verbrecher nach Teddington, um einen Ochsen abzustechen, dessen Blut er zur Irreführung der Polizei benutzen will. Daraufhin geht es wieder quer durch London – der Tote befindet sich immer noch im Auto! – nach Finchley, wo der Mörder den Erschlagenen auf einem Feldweg unweit der Landstraße niederlegt – möglicherweise ihn auch erst hier verstümmelt – und mit Ochsenblut überschüttet... Noch aber denkt dieses Untier nicht daran, sich in Sicherheit zu bringen! Mit unvorstellbarer Kaltblütigkeit dringt der Verbrecher in das Haus des Arbeiters Ben Farmer ein und erschießt den Schlafenden...

Verzweifelt schüttelte Corner den Kopf. Es war doch völlig undenkbar, daß ein auch nur halbwegs normaler Mensch mit der seelischen Belastung eines eben begangenen Mordes stundenlang hin und her fährt, mit dem Getöteten im Auto! Wenn dieser Versuch einer Rekonstruktion des Verbrechens den Tatsachen entsprach, konnte es sich bei dem Täter nur um einen Irrsinnigen handeln – oder aber um eine teuflische Bestie, die in der Gefahr höchsten Rausch empfindet...

8

Dr. Pat Woodrof saß in seiner Villa in Croydon und bearbeitete ein umfangreiches Aktenstück, als ihm der Diener den Besuch eines Herrn von Scotland Yard meldete. Sofort wußte er, daß es sich nur um »diesen Corner« handeln konnte.

Trotzdem ging er ihm wie einem alten, ganz besonders lieben Bekannten mit ausgestreckten Händen entgegen: »Sind Sie gekommen, um mir eine Spur von meinem Doppelgänger zu bringen, der Evelyn Marshall so ungebührlich belästigt hat?« Mit jungenhafter Unbeschwertheit schritt er an die Hausbar und servierte seinem Gast Whisky und Soda.

»Von Ihrem Doppelgänger?« wunderte sich der Inspektor. »Der scheint doch ermordet worden zu sein...«

»Ach ja – der arme Kerl...«, murmelte Woodrof. Plötzlich stutzte er. »Wieso scheint? – Weiß man das immer noch nicht genau?«

Corner zuckte mit den Schultern. »Leider nicht, Herr Doktor. Wir tappen nach wie vor im dunkeln. Der Tote trug die Kleidung Ihres Doppelgängers, das steht fest. Ob er es jedoch auch wirklich ist, können wir nicht sagen, denn der Mörder hat sein Gesicht ja bis zur Unkenntlichkeit zerstört! Aber angenommen, es wäre der Fall... Dann ergibt sich ein geradezu sensationelles Moment: Während der Ermordete – also Ihr Doppelgänger – auf dem Feldweg von Finchley liegt, erscheint in der Londoner City ein Mann auf der Bildfläche, der ihm ähnelt wie ein Ei dem anderen, und kauft den Blaufuchs für Fräulein Marshall. Wie soll man sich dieses Phänomen erklären? Darauf gibt es nur einen Vers: Sie müssen zwei Doppelgänger haben!«

Woodrof lächelte verkniffen: »Machen Sie doch keine Scherze! So etwas gibt's ja gar nicht!«

»Anscheinend schon... Und ich möchte sogar annehmen, daß Ihr zweiter Doppelgänger der Mörder ist. Also nicht der erste, der sich Rao Putrana nannte und nach Aussage einer gewissen Frau Mabel Pach am Mittag des 21. März in ihrer Pension abgestiegen ist.«

Bei der Nennung dieser beiden Namen schien der Anwalt nervös zusammenzufahren. Dann winkte er überlegen ab. Seine Worte klangen beinahe schnoddrig: »Ach du liebe

Güte, das ist wieder mal eine Ihrer gewagten Theorien, verehrter Herr. Sie scheinen solche zu bevorzugen...«

Corner erstarrte in eisiger Ablehnung. Ruckartig beugte er sich vor: »Wohin sind Sie eigentlich gestern nacht gefahren, Herr Doktor?«

Betroffen blickte Woodrof auf. Dann überflutete Zornesröte sein Gesicht: »Was geht Sie das an?! Das klingt ja wie der Beginn eines Verhörs! In diesem Fall müßte ich Sie bitten, augenblicklich mein Haus zu verlassen! Haben Sie verstanden? Augenblicklich!«

An der heftigen Reaktion Woodrofs bemerkte Corner mit Bestürzung, daß er zu weit gegangen war. Er hatte sich durch die unbekümmerte Ausdrucksweise des Anwalts hinreißen lassen. Sofort lenkte er ein: »Oh, jetzt bin ich aber ins Fettnäpfchen getreten! Ich bitte Sie wirklich sehr um Verzeihung! Meine Frage war nur von oberflächlichem Interesse. Sie entsprang lediglich meiner privaten Neugier.«

Aus halbgeschlossenen Augen fixierte Woodrof den Inspektor. Dieser Mann gefiel ihm nicht. Absolut nicht... Aber auch er zog es vor, das Gespräch nicht auf die Spitze zu treiben. Er machte eine gleichgültige Handbewegung. »Im übrigen dürfen Sie ruhig wissen, daß ich gestern nacht überhaupt nicht fortgefahren bin. Ich habe Arbeit genug, die mich in meinen vier Wänden festhält. Deshalb war ich vorgestern ja so verärgert, als ich mitten in der Nacht nochmals in die Stadt mußte. Ich hatte eine Akte vergessen, die ich unbedingt brauchte. Bei dieser Gelegenheit habe ich mich – das fällt mir eben ein – mit einem Streifenpolizisten der Wachgesellschaft unterhalten. Es war ein gewisser Herr Hall, der gerade mein Stadtbüro kontrollieren wollte. Ich war ganz erstaunt, wie wenig Geld diese Leute für ihren schweren Dienst erhalten...«

Nachdenklich betrachtete der Inspektor seine Fingernägel. Er beschloß, auf diese Erklärung nicht weiter einzugehen. Ein Themenwechsel erschien ihm angebrachter: »Sie haben viel zu tun, Dr. Woodrof?«

»Ja, es wächst mir fast über den Kopf. Zu allem Überfluß ist jetzt noch die Angelegenheit mit der indischen Zweigniederlassung von Sir Marshall dazwischengekommen.«

Plötzlich schoß der Inspektor eine Frage ab, die sein Gastgeber in diesem Moment am allerwenigsten erwartet hatte: »Haben Sie nicht einen Bruder dort?«

Der Anwalt wich aus: »Wo? – In dem geplanten indischen Geschäft? – Wie soll ich das verstehen?«

Corners Augen hielten ihn fest: »Ganz einfach... Ich meinte, ob Sie nicht einen Bruder in Indien haben?«

»Ja, gewiß, das heißt, ich hatte ihn...«

»Er ist nicht mehr drüben?«

»Er ist tot. Gestorben an Gelbfieber. Ich erhielt seinerzeit von einem indischen Arzt den Totenschein und die Reste der Hinterlassenschaft meines Bruders zugesandt.«

Woodrof ging an einen kleinen Wandschrank, schloß ihn auf und entnahm ihm eine flache Mappe. Aus ihr zog er den Totenschein, einen unansehnlichen Ring, eine Geldbörse und ein paar verrostete Schlüssel. »Das ist alles, was von dem guten Jonny übriggeblieben ist.«

Aufmerksam las der Inspektor den Totenschein durch. Er machte ein unbeteiligtes Gesicht: »Können Sie das Papier eventuell einige Tage entbehren, Doktor Woodrof?«

Erstaunt blickte ihn der Anwalt an. »Aber ja... Glauben Sie, daß Jonny nicht tot ist?«

»Wie könnte ich daran zweifeln? Es geht hier nur um eine rein technische Angelegenheit. Sie erhalten das Dokument in spätestens acht Tagen zurück.« Corner schob sein Glas zurück und zündete sich eine Zigarette an. »Verzeihen Sie, wenn ich etwas neugierig bin, aber dieser Junge war wohl das schwarze Schaf der Familie? Er wurde doch damals wegen Unterschlagungen in Abwesenheit zu mehreren Jahren Gefängnis verurteilt. Wie mag ihm damals seine Flucht gelungen sein? Wissen Sie etwas Näheres darüber?«

»Nein.« Woodrof schüttelte den Kopf. Aber seine Hand zitterte ein wenig, als er die Gläser nachfüllte. »Nach Bekanntwerden seiner Straftaten habe ich mich sofort von ihm losgesagt. Ich konnte es mir in meiner Stellung keineswegs erlauben, einen vorbestraften Gauner zum Bruder zu haben. Daß er später in Indien starb, ist – so roh es klingen mag – die beste Lösung für ihn gewesen. Er hätte sich ja sowieso nie an ein ehrliches, bürgerliches Leben gewöhnt.«

»Und Sie haben nie wieder etwas von ihm gehört?«

»Nie.«

Kurz darauf verabschiedete sich der Inspektor. An der Tür der stillen, vornehmen Villa reichte er Woodrof die Hand. »Ach richtig... ich vergaß, Ihnen zu erzählen, daß man in der vergangenen Nacht zwei Mordanschläge auf mich verübt hat. Durchs Fenster meines Arbeitszimmers. Der Kerl muß ein miserabler Schütze sein. Na, wir werden

den Burschen schon noch schnappen...«

Der Anwalt tat naiv interessiert: »Bekommen Sie eigentlich alle Verbrecher, die Sie suchen?«

Corner nickte. »Fast neunzig Prozent gehen uns in die Falle. Sie wissen ja: Jeder Verbrecher macht einen Fehler. Den perfekten Verbrecher gibt es eben nicht, und es wird ihn auch nie geben.«

»Und Sie glauben, daß dieser Mörder, nach dem Sie augenblicklich fahnden, auch einen Fehler machen wird?«

»Das hat er schon...« Der Inspektor lächelte abschiednehmend. »Indem er auf mich geschossen hat oder schießen ließ...«

9

Es war gegen zehn Uhr abends. Frau Pach saß in dem kleinen Büro ihrer Pension und blickte gedankenverloren auf das Schlüsselbrett. Ausnahmsweise waren sämtliche Gäste schon im Haus und hatten sich in ihre Zimmer zurückgezogen.

Eigentlich konnte sie nun selbst auch mal früher als sonst zu Bett gehen.

Das Schrillen des Telefons riß sie aus ihren schläfrigen Betrachtungen. Scotland Yard war am Apparat und bat sie, sofort nach Ealing zu kommen.

Die Pensionswirtin war zwar verwirrt, doch antwortete sie: »Gut, ich komme. Und wohin, bitte?«

»South Gate Street. An der Ecke wird Sie ein Wagen der Polizei erwarten.«

Mit einem merkwürdig dumpfen Gefühl von Furcht machte Frau Pach sich auf den Weg.

Sie nahm ein Taxi und ließ sich hinaus nach Ealing fahren. In der Nähe der South Gate Street stieg sie aus und spähte suchend durch den Nebel die einsame Straße entlang, bis sie an der Ecke einen großen, dunklen Wagen stehen sah.

»Hier bin ich, Herr Inspektor!« winkte sie schon von weitem, denn nun hatte sie wirklich Angst. Der Nebel, die fahle Straßenbeleuchtung, die ganze trostlose Gegend. Wie gut, daß die Polizei in der Nähe war...

Und nochmals rief sie. Nochmals klang ihre atemlos klingende Stimme durch die Nacht.

Langsam trat der Mann, der bisher am Auto gestanden und eine Zigarette geraucht hatte, vor.

Er trug einen seltsam langen Regenmantel, der fast bis auf die Schuhe reichte.

Als Frau Pach den großen, dunklen Wagen erreicht hatte, brummte der Mann einen mürrischen Gruß.

Er ging zum Fahrersitz, startete und ließ den Motor mehrfach aufheulen.

Dann stieg er wieder aus und forderte die Pensionswirtin mit einer stummen Handbewegung auf, im Fond des Autos Platz zu nehmen.

Einen kurzen Moment lang zögerte die Frau... Es kam ihr alles so unheimlich vor: die nächtlich einsame Straße, der unbeleuchtete Wagen, der schweigsame Polizeibeamte mit den herrischen Gesten...

Plötzlich begann ihr Herz wie verrückt zu pochen. Eine grauenhafte Angst schnürte ihr die Kehle zu. Sie wandte sich zu dem Mann um und sah in zwei gnadenlose, eiskalte Augen.

»Was ist eigentlich hier los?« waren ihre letzten Worte.

Ein brutaler Stoß warf sie rückwärts in das Wageninnere. Schreiend schlug sie um sich. Im gleichen Augenblick wurde ihr ein Sack über den Kopf gezogen, und ein wuchtiger Hieb traf ihre Schläfe. Halbbetäubt fuhr sie noch einmal hoch. Da erhielt sie einen zweiten furchtbaren Schlag. Sie seufzte schmerzvoll auf und verlor die Besinnung...

Mit höchster Geschwindigkeit raste das Auto durch die dunklen Straßen. Niemand sah es. Die Gegend schien wie ausgestorben. Am Ausgang eines ländlichen Villenvororts stoppte der Wagen. Der große, kräftige Mann stieg aus, ergriff die ohnmächtige Frau, warf sie sich über die Schulter und stapfte mit ihr in den Nebel und in die Nacht hinein.

Dr. Pat Woodrof war einem Anruf von Evelyn Marshall gefolgt, die ihn dringend zu sich gebeten hatte.

Schon in der Empfangshalle der reich ausgestatteten Villa kam ihm das junge Mädchen entgegen. »Doktor, das geht über meine Nervenkraft, sehen Sie hier.« Sie reichte ihm einen Brief. *»Ein Toter schreibt Liebesbriefe!«*

Umständlich klemmte der Anwalt sein Einglas ein und überflog die wenigen Zeilen. Dann lachte er schallend auf. »Das ist ja die Höhe! Der Kerl scheint nicht bei Trost zu sein...« Plötzlich aber wurde er ernst. »Wir müssen umgehend Inspektor Corner von diesem reizenden Briefchen unterrichten. Für ihn wird es unter Umständen ein wertvolles Beweisstück bedeuten.«

Etwa zwanzig Minuten später traf Corner ein. Aufmerksam las er den Brief:

»Verehrtes Fräulein Evelyn!

Ich verehre Sie wirklich... Daß Sie den Pelz nicht als ein Geschenk von mir angenommen haben, verzeihe ich Ihnen. Daß Sie sich aber ausgerechnet diesen Dr. Woodrof zum Beschützer auserkoren haben, verzeihe ich Ihnen nie. Nun soll dieser überhebliche Dummkopf zusehen, wie er seine Rolle mit heiler Haut überlebt. Sie jedoch liebe ich, und ich glaube trotz aller Hoffnungslosigkeit, die momentan alles überschattet, Sie doch noch einmal die Meine nennen zu dürfen...

Ihr R. P.«

Gespannt blickten Evelyn und Woodrof auf den Lesenden. Dessen Gesicht blieb unbewegt. Er zog ein flaches Buch aus der Tasche und verglich irgendwelche Schriften. Wortlos studierte er dann durch eine Lupe den Poststempel, den Umschlag und das Papier und zum Schluß auch die Tinte. Schließlich nickte er und steckte das Schreiben ein: »Es ist tatsächlich dieselbe Schrift. Der Absender muß also dieser Rao Putrana sein. Also ist er nicht tot. Der Ermordete ist ein Fremder, dem der Mörder seine Kleidung angezogen hat. – Aber warum schreibt Putrana diesen Brief, der ihn unweigerlich verrät und uns auf seine Spur führt?«

Obwohl Corner sich eisern zu beherrschen suchte, konnte er doch nicht verhindern, daß bei diesen Worten seine linke Augenbraue verräterisch hochzuckte.

Doch der Anwalt war viel zu sehr mit sich selbst beschäftigt, um das zu bemerken. »Sie müssen schon meinen Unwillen verstehen... Nicht nur, daß Fräulein Marshall weiter belästigt wird – jetzt werde sogar auch ich von diesem Mörder-Phantom bedroht!«

»Das ist eine große Dummheit von ihm«, meinte der Inspektor sinnend.

»Wieso?« Woodrof schien verblüfft.

»Weil er damit beweist, daß er Angst hat, entdeckt zu werden.«

Ironisch verzog der Anwalt die Lippen. »Ist das etwa der berüchtigte Fehler, den Ihrer und Ihrer Kollegen Ansicht nach jeder Verbrecher begeht?«

Corner ging nicht darauf ein. Er verneigte sich vor Evelyn: »Ich muß sofort in den Yard zurück, denn ich erwarte heute noch eine wichtige Mitteilung. Es steht nämlich fest, daß der Mörder bei der Ausführung seines Verbrechens einen groben Fehler gemacht hat. Wohl zerstörte er mit kaltblütiger Grausamkeit das Gesicht und die Haut der Fingerspitzen seines Opfers. Bei seinem bestialischen Tun entging ihm jedoch, daß der Tote noch ein anderes unverwechselbares Kennzeichen am Körper trug. Und dieses Kennzeichen spricht jetzt gegen ihn und wird uns den Namen des Erschlagenen nennen.«

In Scotland Yard erwartete Sergeant Battle den Inspektor mit einer langen Liste.

Corner warf zunächst nur einen flüchtigen Blick auf die Namensreihen und stöhnte: »Ich hätte nie gedacht, daß so viele Londoner kranke Gallen haben. In zwei Jahren vierhundertzweiundsechzig Operationen, davon dreihundertneununddreißig Entfernungen der Gallenblase!«

Beruhigend sah Battle seinen Chef an: »Sie brauchen die vielen Namen nicht durchzulesen. Das habe ich schon getan und dabei eine sonderbare Entdeckung gemacht: Nummer zweihundertneunundfünfzig, September 1981, Gallenblasenentfernung bei Dr. Pat Woodrof, Croydon.«

Dr. Woodrof... Unmöglich war der Ermordete der Anwalt Pat Woodrof... Der hatte ihm doch vor wenigen Minuten noch bei Evelyn Marshall gegenübergesessen...

Es kam Corner vor, als ob er sich immer tiefer und hoffnungsloser in einem Irrgarten verlaufen würde. Im Moment wußte er weder aus noch ein.

Zwei Ereignisse rissen ihn jedoch schon bald aus seinen fruchtlosen Grübeleien.

10

Zunächst wurde die von ihm geleitete Mordkommission alarmiert: Leichenfund in einem ländlichen Villenvorort: Eine korpulente alte Frau, Mord auf der Straße, Tod durch Erdrosseln...

Wenige Minuten nach Eingang der Meldung jagten die Limousine des Inspektors, ein Spurensicherungswagen und das Krankenauto der Abteilung III/M. von Scotland Yard zum Tatort.

Ahnungsvoll lehnte Corner im Fond seines Wagens. Für ihn war es klar – gleich würde er vor einem neuen Opfer der »Bestie von Finchley« stehen...

Nun bog die Autokolonne in die gemeldete Straße ein. Schon von weitem bot sich den Beamten das übliche Bild: absperrende Polizisten, etliche neugierig-lüsterne Menschen und am Boden – in der Mitte der Szenerie – ein seltsam verkrümmter Körper, von einer Zeltplane bedeckt.

Als Corner den feucht-steifen Stoff etwas anhob, sah er in das einst so gütige und lebhafte Gesicht der Pensionsinhaberin Mabel Pach...

Nach dem Ende des trinkfreudigen Ben Farmer war sie der zweite Zeuge, den der kaltblütige Mörder innerhalb weniger Stunden aus dem Weg geräumt hatte.

Das zweite Ereignis hatte ein kleines Vorspiel: Nach den mißlungenen Mordanschlägen auf den Inspektor lebte der von dem Maskierten gedungene Meuchelmörder Jerry Scherk in panischer Angst vor der Rache seines Auftraggebers.

Er hatte sein Zimmer wie eine Festung verbarrikadiert, und wenn er mal das Haus verließ, tat er das nur in Begleitung von fünf Freunden, die die Hände in den Hosentaschen vergraben hatten und dort den Finger am Abzug ihrer Pistolen hielten.

Die erste Nacht nach den fehlgegangenen Mordschüssen verlief ruhig. Während seine Freunde in den Nebenräumen auf der Lauer lagen, hatte Jerry sich in seinem Bett ausgestreckt. In der Hand hielt er eine entsicherte Pistole, um sofort zu schießen, falls der Maskierte noch einmal auftauchen sollte.

Daß in dieser Nacht alles ruhig blieb, verstärkte in Jerry den Verdacht, einen Gegner vor sich zu haben, der seine Vergeltung kalt und methodisch vorbereitete. Dieses Gefühl raubte ihm vor Furcht fast den Verstand. Er aß nicht, aus Angst, daß die Speisen vergiftet sein könnten, und trank direkt aus der Wasserleitung. Den ganzen Tag saß er nur herum und rauchte Unmengen von Zigaretten.

Wer war nur der maskierte Gast gewesen? grübelte er ununterbrochen. Woher hatte er den Vorfall mit Jonny Woodrof gekannt? Stimmte es, daß Jonny nicht in Indien gestorben, sondern der unbekannte Tote von Finchley war, von dem auch in den Zeitungen stand?

In seiner Verzweiflung und lähmenden Angst kam Jerry plötzlich eine Idee: Man müßte der Polizei mitteilen, daß der Tote Jonny Woodrof ist! Sicher würde sie den Täter dann bald verhaften, und er, Jerry, wäre seinen Bedroher für alle Zeiten los.

Der Gedanke setzte sich in ihm fest. Das war seine Rettung! Schließlich klopfte er an die Wand des Nebenzimmers.

Eine dunkle Stimme fragte: »Was ist los, Jerry?«

»Einer von euch muß beim ›Yard‹ anrufen. Ich habe der Polente eine wichtige Sache zu melden!«

»Beim ›Yard‹ anrufen? Du bist wohl verrückt geworden!«

Jerry schrie fast vor Erregung: »Mensch, es geht doch um meinen Kopf! Wenn die Polizei weiß, wer der unbekannte Tote ist, schnappt sie bestimmt den Mörder. Und mir kann er dann nichts mehr tun! Los, einer muß sofort von einer öffentlichen Fernsprechzelle aus anrufen – ohne seinen Namen zu nennen, natürlich...«

So kam es, daß Corner, nachdem er sich um die Überführung der toten Mabel Pach in die Leichenhalle von Scotland Yard gekümmert hatte, auf seinem Schreibtisch eine inhaltsschwere Meldung vorfand: »Telefonanruf, anonym, von einer öffentlichen Zelle am Hyde Park: Der Tote, der in Finchley gefunden wurde und den man nicht erkannt hat, ist Jonny Woodrof, der Bruder des Rechtsanwalts Dr. Pat Woodrof. Er ist nicht in Indien gestorben, sondern von einem Unbekannten erst vor drei Tagen in London ermordet worden. Der Mörder hat es selbst zugegeben. Wir haben mit ihm gesprochen. Jonny mußte wegen Unterschlagungen flüchten. Einen kleinen Einbruch hatte er damals auch noch auf dem Gewissen. Ist niemals bekannt geworden. Die Beute hat er seinerzeit an den Hehler Clark Narving verscheuert. Glauben wir wenigstens. Schluß.«

Jonny Woodrof? Der Inspektor nahm aus den Akten den Totenschein, den ihm der Anwalt für einige Tage überlassen hatte. Mit größter Sorgfalt untersuchte er nochmals das rätselhafte Dokument. Trotzdem konnte er keine Fälschung entdecken. Aber es brachte ihn auf einen Einfall: Man mußte bei den betreffenden Stellen in Indien nachfragen, wie es sich damals mit dem Tod des Bruders von Dr. Pat Woodrof verhalten hatte.

Sicher, das war der einzig richtige Weg! Überdies konnte man so auch am besten feststellen, ob es sich bei dieser anonymen telefonischen Anzeige nicht etwa um eine raffinierte Täuschung handelte. Und schon wenige Minuten später gingen die nötigen Fernschreiben nach Indien.

Den nächsten Tag, den Abend und die ersten Nachtstunden verbrachten Corner und sein Assistent Battle in fieberhafter Erwartung der Antwort aus Indien.

Ein Zwischenbescheid hatte besagt, daß man sich bereits an die Aufklärung des Falles gemacht hätte und sogar eine eventuelle Exhumierung des angeblich am Gelben Fieber verstorbenen Jonny Woodrof in Erwägung ziehe.

Seit dieser Nachricht war – so schien es wenigstens den beiden – eine unendlich lange Zeit vergangen. Jetzt zerfloß bereits das Dunkel vor den Fenstern, und ein erstes fahles Morgenlicht zog auf.

Endlich meldete die Funkzentrale den Eingang eines Funkspruchs aus Indien. Kurz darauf lag ein geradezu sensationelles Telegramm auf Corners Schreibtisch: »ausgrabung eben beendet – stop – sarg mit leiche eines eingeborenen gehoben – stop – von einem woodrof keine spur – stop – totenschein muß gefälscht sein – stop – oder falsch ausgestellt – stop – damaliger arzt nicht mehr auffindbar – stop – soll kurz nach woodrofs angeblichem tod wohlhabend gewesen sein – stop – aufnahmen von sarg und leiche folgen per luftpost – stop – leutnant barnes, bombay.«

Corner las die Meldung mehrmals durch. Plötzlich sprang er auf: »Kommen Sie, wir fahren zu Woodrof.«

Battle hob zweifelnd die Schultern: »Jetzt? Bestimmt schläft der noch...«

»Eben drum...«

11

Das Haus in Croydon lag wie erwartet noch in tiefster Ruhe. Die Fensterläden waren abweisend geschlossen, und der Nebel trieb in zerfetzten Schleiern um die Mauern und durch den weiten Garten.

Erst nach mehrfachem Schellen öffnete der Diener. Er war sichtlich verärgert, daß der Inspektor und ›noch so ein anderer‹ zu dieser unmöglichen Zeit erschienen. Mürrisch führte er die beiden Beamten in die Halle der Villa und schlurfte die breite Treppe zum ersten Stock hinauf, wo das Zimmer des Anwalts lag.

Während Battle an der Treppe Wache hielt, huschte Corner in die Bibliothek und untersuchte sie schnell. Auch in dem daneben liegenden kleinen Aktenraum verweilte er einen Augenblick, eilte dann auf die Terrasse und kroch auf allen vieren über die breiten Steinplatten. Ein geräuschvolles Hüsteln Battles warnte ihn. Er rannte zurück und warf sich gerade noch rechtzeitig in einen der herumstehenden Sessel.

Als Dr. Woodrof langsam und völlig verschlafen die Treppe herunterkam, sah er einen gelangweilten Inspektor und den mißmutig dreinblickenden Sergeanten. Er ahnte nicht, daß seine Arbeitsräume soeben von zwei scharfen und geschulten Augen untersucht worden waren. »So früh?« fragte er erstaunt. »Ist etwas mit Fräulein Evelyn? – Oder ist etwa gar mein Doppelgänger wieder aufgetaucht?«

»Nicht ganz – nur zur Hälfte«, scherzte Corner und

zündete sich eine lange Zigarre an.

Woodrof gähnte herzhaft und lümmelte sich dem Inspektor gegenüber in einen Sessel. Aus kalten, uninteressierten Augen sah er den Kriminalbeamten an: »So sprechen Sie immer, wenn Sie witzig und geistreich erscheinen wollen. So krampfhaft originell... Na ja, vielleicht gehört das zu den Gepflogenheiten mancher Berufsarten.« Lässig schlug er die Beine übereinander und betrachtete einen Augenblick seine länglichen, gepflegten Fingernägel. Erst als er bemerkte, daß sein Gegenüber keine Anstalten machte, mehr von sich zu geben, fragte er, nochmals gähnend: »Was heißt zur Hälfte? Wie kann ein Mensch zur Hälfte auftauchen?«

Corner schnippte etwas Asche in einen Aschenbecher: »Nun, sagen wir – *er war begraben...*«

»Begraben? – Wer?«

»Ja...«, und ohne jeden Übergang setzte der Inspektor hinzu: »Hatten Sie vor vier Tagen nicht einen überraschenden Besuch, Dr. Woodrof? Und zwar mitten in der Nacht?«

»Wie kommen Sie denn darauf, Corner? Galoppiert da nicht wieder Ihre Phantasie mit Ihnen durch? – Außerdem kann ich Sie beruhigen. *Ich hatte keinen Besuch!*«

»Ich meine die Nacht, in der Sie noch um ein Uhr morgens in die Stadt gefahren sind, um in Ihrem Büro ein vergessenes Aktenstück zu holen. – Übrigens stimmt das – wir haben uns überzeugt.«

»Das beruhigt mich außerordentlich«, spöttelte Woodrof. »Nein, wie mich das von einem inneren Druck befreit!« Er lachte meckernd. »Wer soll denn der Besuch gewesen sein, Herr Inspektor? – Haben Sie auch dafür Zeugen?«

»Im Augenblick nicht... War wirklich niemand hier, Herr Dr. Woodrof?«

»Nein!«

»Kein Mann? – Groß und auffällig gekleidet?«

Der Anwalt wurde ärgerlich. »Wenn ich einmal eine Frage verneint habe, dann bleibt es dabei. Es war niemand hier. Genügt Ihnen das endlich?«

»Gewiß...« Corner blies den Rauch seiner Zigarre an die Decke und sah ihm sinnend nach. »Es ist schade, daß niemand hier war. Es würde uns vieles erleichtern... auch in der Mordsache von Finchley.« Er unterbrach sich und machte eine bedeutungsvolle Pause. Dann beugte er sich so weit nach vorn, als ob er dem Anwalt etwas ins Ohr flüstern wollte. »Wir haben heute ein Telegramm aus Indien bekommen... Man hat Ihren Bruder ausgegraben!«

Woodrofs Gesicht verfärbte sich. Er wurde aschfahl. Empört fuhr er hoch: »Sind Sie ganz und gar verrückt geworden? Wie können Sie sich erlauben, die Ruhe eines Toten zu stören? Ich bitte um sofortige Aufklärung.«

Der Inspektor machte eine beschwichtigende Handbewegung: »Sie vergessen, daß Ihr Bruder gesucht wird und noch eine Strafe zu verbüßen hat, zu der er in Abwesenheit verurteilt worden ist. Wir sind also durchaus berechtigt, die Angaben seines Todes in Indien nachzuprüfen. Und...«, Corner sah aufmerksam den gespannt zuhörenden Anwalt an, »...es war gut so, Herr Dr. Woodrof.«

»Ich verstehe Sie nicht...«

»Nun, in dem Sarg lag nicht Ihr Bruder Jonny, sondern ein Eingeborener, der an Malaria gestorben ist!«

»Das kann nicht stimmen! Ich habe doch den Totenschein...«

»Schon richtig. – Aber dieser Schein ist wissentlich falsch ausgestellt worden. Der Arzt, der ihn damals unterschrieb, ist inzwischen spurlos verschwunden. Er soll übrigens gleich nach der Ausstellung des Dokuments auf großem Fuß gelebt haben. Wir vermuten, daß man ihm eine reichliche Bestechungssumme für die ›kleine Gefälligkeit‹ zukommen ließ...«

»Toll!« Woodrof sprang auf. Er bebte vor Entrüstung. »Dann bin ja auch ich geprellt worden. Man hat meinen Bruder für tot erklärt. Ich wünsche, daß dieser Fall eingehend untersucht wird.«

»Wir sind schon dabei«, säuselte Corner sanft, »und vieles weist darauf hin, daß Ihr Bruder in den letzten Tagen hier in London war...«

Woodrof schien fassungslos. »Jonny? Hier?«

»Ja, und wir nahmen verständlicherweise an, daß er sich irgendwann auch bei Ihnen gemeldet haben würde. Leider ist das, wie Sie sagen, nicht der Fall gewesen. Wirklich schade, wir hätten in vielem klarer gesehen...«

»Er ist bei mir nicht aufgetaucht«, sagte Dr. Woodrof leise. So etwas wie Bedauern schwang in seiner Stimme.

Der Inspektor erhob sich und löschte seine Zigarre. »Das wäre alles, Herr Doktor. Entschuldigen Sie, daß wir Sie so früh gestört haben.«

Corner war schon die drei Vorstufen der Villa hinuntergegangen, als er sich plötzlich umwandte und unvermittelt fragte: »Wie geht es übrigens Ihrer Gallennarbe, Herr Doktor?«

Woodrof zuckte zusammen. »Gut...«, meinte er dann, »sogar sehr gut.«

»Und Sie können den rechten Arm wieder frei bewegen?«

»Aber ja«, lächelte der Anwalt. »Es war ja nur ein kleiner Unfall!«

Als Corner wieder hinter dem Steuer seines Wagens saß, konnte er vor Spannung kaum atmen. War ihm die Überrumplung geglückt? Schweigend fuhren sie durch die morgendlichen Straßen Londons.

Schließlich konnte Battle nicht mehr an sich halten: »Warum fragten Sie Woodrof, ob er seinen rechten Arm wieder frei bewegen könne? Ich denke, er hat nur eine Gallenblasenoperation hinter sich.«

»Das war lediglich ein kleiner, aufschlußreicher Trick«, lächelte Corner, ohne daß sein Gesicht sich dabei entspannte. »Ich habe aber noch ein ganz anderes Experiment mit dem Herrn Anwalt vor. Und zwar wird sich dabei folgendes abspielen...«

Die beiden Beamten sprachen angeregt miteinander, bis sie wieder in Scotland Yard eintrafen.

Bald darauf fuhr ein Privatwagen nach Croydon zurück. In ihm befanden sich drei Beamte, die als Bäckerjunge, Telefonarbeiter und Luftwaffensoldat verkleidet waren.

12

Die Abendblätter hatten eine Bombensensation. Mit gellenden, sich überschlagenden Stimmen riefen die Zeitungsverkäufer die Schlagzeile aus: »Überfall auf Londons bekanntesten Rechtsanwalt! – Ein Mann wird am hellichten Tage entführt! – Dr. Pat Woodrof unverletzt! – Drei Stunden besinnungslos! – Verschleppt nach Bromley! – Wer ist der Täter?«

Der Leiter des Dezernats für Überfälle und Inspektor Corner saßen am Nachmittag dieses ereignisreichen Tages in Dr. Woodrofs Bibliothek. Mit lebhaftem Interesse lauschten sie dem Bericht des erschöpften und vollkommen verstörten Anwalts.

Er saß in einem großen Lehnstuhl, den Körper mit Dekken umwickelt, trank heißen Tee und war sehr blaß. »Ich verließ mein Haus«, erzählte er mit bebender Stimme, »und ging in den Garten. Das tue ich jeden Morgen, um mich auf meine Tagesarbeit zu konzentrieren. Als ich nun in die Nähe der Laube kam, wurde mir plötzlich von hinten ein Sack über den Kopf geworfen...«

»Wie der ermordeten Frau Pach«, murmelte der Inspektor.

Woodrof zuckte zusammen. »Glauben Sie, daß es ein Mörder war?« stammelte er. »Aber warum hat er mich dann nicht umgebracht?«

»Vielleicht ist er bei seinem Vorhaben im letzten Moment gestört worden«, meinte Corner.

Woodrof wischte sich den Schweiß von der Stirn. »Er warf mir also den Sack über den Kopf, und dann fühlte ich einen dumpfen, schmerzhaften Schlag. Ich verlor die Besinnung, und als ich wieder aufwachte, lag ich an der Straße nach Bromley in einer feuchten Ackerfurche.«

»Wie der ermordete Unbekannte in Finchley«, flüsterte Corner vor sich hin.

Woodrof schien es nicht gehört zu haben. Mit brüchiger Stimme fuhr er fort: »Ich weiß nicht, ob der Kerl Helfer hatte. Ich habe nichts bemerkt. Der Sack fiel wie aus heiterem Himmel über mich. Dann war es aus. Auffallend seltsam ist bei der ganzen Sache eins, meine Herren. Als ich in Bromley wieder zu mir kam, stellte ich zu meiner grenzenlosen Überraschung fest, daß mir nichts fehlte. Die Brieftasche mit über einhundert Pfund, meine schwergoldene Uhr, die Ringe – alles hatte ich noch bei mir!« Er hob beide Arme und ließ sie wieder sinken. »Ich möchte wissen, was der Täter eigentlich von mir wollte. Vielleicht hat er mich mit einem anderen verwechselt...«

»Etwa mit Ihrem Bruder?«

Woodrof starrte Corner an: »Mit meinem Bruder?«

Der Inspektor ergriff seinen Arm und schüttelte ihn leicht. »Natürlich, Dr. Woodrof, das ist möglich... Jonny soll doch in London sein...«

Der Anwalt schloß die Augen, ließ sich in seinen Lehnstuhl zurückfallen und flüsterte kaum hörbar: »Ja, das wäre möglich...« Und nach einer kleinen Pause: »Wenn Jonny tatsächlich noch am Leben ist und – wie Sie mir erzählten – sich augenblicklich in London aufhält. Aber ich kann das nicht recht glauben...«

Der Inspektor beachtete seine Zweifel nicht. Er schien wild entschlossen, der Existenz des Bruders auf die Spur zu kommen. »Ich halte es für das beste, wir gehen der Sache nach und suchen Ihren Bruder! – Soviel mir von gut unterrichteter Seite mitgeteilt wurde, unterhält Jonny hier in London ein Versteck, in das er vor Jahren seine Beute gebracht hat. Damals wurde nichts gefunden, aber die unterschlagenen Geldbeträge kamen nie wieder zum Vorschein. Jetzt erst wissen wir etwas mehr über ihren Verbleib...«

In plötzlicher Erregung beugte Woodrof sich vor: »Woher wissen Sie das?«

Corner tat geheimnisvoll. Jedem Wort gab er eine besondere Bedeutung. »Der alte Hehler Narving hat geplaudert. Hat gesungen, wie man das in der Ganovensprache nennt. Nun, heute nacht werden wir in das Nest dieses seltsamen Vogels steigen und es ausräumen. Ich hoffe, daß uns dieses Unternehmen weiterbringt.«

»Ich wünsche es Ihnen und uns allen«, murmelte Woodrof und sank wieder in seinen Lehnstuhl zurück.

Gleich darauf verabschiedete man sich. Der Anwalt hatte seines Zustandes wegen um Beendigung des Gesprächs gebeten. Bedeutungsvoll schüttelte der Inspektor ihm die Hand. Er hatte noch etwas auf dem Herzen. »Wenn Ihr Bruder ausgerechnet heute zu Ihnen kommen sollte, sagen Sie ihm bitte nicht, daß wir auf seiner Spur sind...«

Mit verzerrtem Lächeln sah Woodrof ihm nach. Dann sprang er auf und traf in aller Eile gewisse Vorbereitungen.

Er sah eine Gefahr auf sich zukommen, der er begegnen mußte...

Clark Narving war schon ein alter Mann, als er zum Hehler wurde. In der Zeit einer schweren Geschäftskrise erschien eines Tages ein Mittelsmann in seinem Laden und bot ihm ein paar kostbare Ringe zu einem Spottpreis an. Obwohl der Juwelier sich genau entsinnen konnte, daß die Stücke drei Tage vorher in der Presse als gestohlen gemeldet waren, konnte er in seiner Not der Versuchung nicht widerstehen und schloß den krummen Handel ab. Von dem Tage an ging es ihm wieder gut, denn es gab danach noch viele solcher einträglichen Käufe.

An diesem trüben Märzabend wunderte sich der Juwelier allerdings, daß sein Geschäft so auffällig von Polizisten bewacht wurde. Anders konnte er sich die Tatsache nicht erklären, daß bei Einbruch der Dunkelheit die seinem Laden gegenüberliegende Straßenseite von Männern in Uniform besetzt wurde.

Der Hehler lachte leise vor sich hin. Seinetwegen sollte die Polente ruhig ihr Vergnügen haben. Er hatte ein gutes Gewissen. Bei ihm war nichts zu finden, falls die Herren einen Besuch vorhatten oder gar seinen Laden durchsuchen wollten.

Sie sind schon so oft gekommen, dachte er grimmig, und immer wieder gegangen, ohne mir etwas nachweisen zu können. Sollte es heute anders sein?

Und selbst, wenn gerade jetzt jemand zu ihm käme, um Ware abzuliefern – die Polizisten würden ihn nicht entdecken. Denn unter Narvings Haus führte ein geheimer

Gang durch mehrere Keller zu einer anderen Straße, wo er im Untergeschoß eines seriösen Gebäudes mündete.

Trotz dieser beruhigenden Erwägungen verdroß der Anblick der verhaßten Uniformen den alten Mann immer heftiger, und endlich wurde er ihm geradezu unerträglich. Mit donnerndem Getöse ließ er die Rolläden vor den Schaufenstern herab und schaltete das Licht aus. So, mochten die Polizeiknechte ins Dunkle starren, ihm konnte es egal sein...

Gemächlich stieg er in seine Wohnung hinauf, setzte sich gemütlich in einen Sessel und nahm sich die Abendzeitung vor. Interessiert las er den Bericht von dem Überfall auf Rechtsanwalt Dr. Pat Woodrof.

Woodrof...?

Verschwommen entsann er sich eines gewissen Jonny Woodrof, der vor drei Jahren einmal bei ihm war, um einige Schmuckstücke zu verkaufen. Vielleicht war es der Bruder dieses verschleppten Anwalts. Na ja, der eine stiehlt, der andere wird bestohlen – das ist so eine Art ausgleichender Gerechtigkeit.

Auf der Straße lehnten Inspektor Corner, Sergeant Battle und drei andere Beamte in einem Hauseingang. Unentwegt beobachteten sie das erleuchtete Fenster der Juwelierswohnung. Auf dem Hof des Gebäudes, in dem sich Narvings Geschäft befand, standen ebenfalls drei Polizisten, und weitere hatten den ganzen Häuserblock abgeriegelt.

Es handelte sich um eine Großaktion der Polizei, als deren Krönung Corner sich die Verhaftung des dreifachen

Mörders auf frischer Tat vorstellte.

Bisher sah es allerdings nicht danach aus. Alles blieb ruhig. Nichts rührte sich.

Der Inspektor blickte auf seine Armbanduhr. »Dreiundzwanzig Uhr! Wir können anscheinend bis zum Morgen warten...«

»Schöne Aussicht«, brummte Battle. »Und wenn er gar nicht kommt?«

»Er wird kommen!«

»Das sagen Sie so sicher, Chef.«

Corner nickte: »Ich war mir nie sicherer!«

»Was soll er denn ausgerechnet heute bei dem alten Hehler wollen?« meinte zweifelnd einer der Beamten.

»Wollen? – Nichts Besonderes... Aber seine Angst wird ihn zu Narving treiben. Seine quälende, würgende Angst. Er hat Farmer erschossen und die gute Frau Pach erwürgt. Er wird versuchen, auch den Juwelier umzubringen, weil er sich von ihm verraten glaubt. Das ist alles...«

So standen sie Stunde um Stunde im feuchten Nebel der Nacht und starrten hinauf zu dem hellen Fenster in der ersten Etage des großen, ansonsten dunklen Hauses.

War der Alte dort oben eingeschlafen, oder saß er über einem besonders interessanten Buch?

Corner wurde von einer immer stärkeren Unruhe erfaßt. Nervös trat er von einem Fuß auf den anderen. Schließlich sah er wieder auf die Uhr: drei Uhr morgens!

Er gab noch eine Viertelstunde zu. Dann war er am Ende seiner Geduld. »Meine Herren, hier stimmt etwas nicht! Wenn Narving sein Geschäft um acht Uhr öffnen will, liest er doch nicht bis drei Uhr morgens! Er kann höchstens bei Licht eingeschlafen sein. Das werden wir aber feststellen. Los, gehen wir zu ihm hinauf.«

Die Haustür war verschlossen und mußte erst mit einem Dietrich geöffnet werden. Leise ging es über die wenigen Stufen bis zur ersten Etage. Hier lag die Wohnungstür des Juweliers.

In der Stille des schlafenden Hauses hörte man gedämpfte Radiomusik. Zweifellos drang sie aus Narvings Räumen.

»Er ist tatsächlich noch auf!« flüsterte der Inspektor und griff nach der Klinke der Wohnungstür. Millimeter um Millimeter drückte er sie hinunter. Lautlos schwang die Tür auf. »Merkwürdig... er hat nicht abgeschlossen«, raunte Corner.

Auf Zehenspitzen betraten sie den unbeleuchteten Flur. Gebannt blickten sie dabei auf den schwachen Lichtschein, der unter einer Tür hervorschimmerte.

Einige Sekunden voller Ratlosigkeit folgten. Die Beamten standen in dem fremden Korridor und wußten nicht recht, wie sie sich weiter verhalten sollten. Konnten sie so einfach in das Zimmer des Juweliers eindringen? Würde der Alte nicht zu Tode erschrecken?

Wenn nur die verdammte Musik nicht gewesen wäre. Bei dem Gedudel war kein anderer Laut aus dem Zimmer zu hören...

Corner preßte sein Ohr auf die Tür – eine, zwei Minuten... Plötzlich straffte sich seine Gestalt. Mit einer knappen Kopfbewegung gab er seinen Leuten einen Wink. Dann stieß er die Tür auf.

Vor ihnen lag ein großer, auffallend elegant möblierter

Raum. Die Deckenbeleuchtung war eingeschaltet und auch die Stehlampe.

In ihrem Schein saß Clark Narving in einem Sessel, hatte eine Tabakspfeife in der Hand und sah den Eintretenden starr entgegen. Er sah sie zu starr an...

Neben ihm – breit über die Sessellehne geflossen und auf dem Teppich eine matt spiegelnde Lache bildend – war Blut...

»Zu spät...«, flüsterte Corner. »Wieder zu spät! Es ist zum Heulen!«

Nach einer kurzen Untersuchung wandte er sich an die anderen: »Erstochen! – Ein genau gezielter Stoß ins Herz! Er muß sofort tot gewesen sein.«

»Wie ist der Mörder hier hereingekommen?« fragte Battle mit zusammengebissenen Zähnen. »Wir haben doch sämtliche Eingänge und überhaupt jeden Winkel bewacht.«

Corner nickte voller Grimm. »Das ist es, was meine Annahme bestätigt. Diese Bestie in Menschengestalt kennt sich überall genau aus. Er kennt alle Schliche, er kennt alle Geheimgänge, er ist mit allen Personen, die er umbringt, vertraut... leider aber auch mit sämtlichen Maßnahmen, die wir planen und durchführen! Das aber bricht ihm das Genick. So wahr ich hier stehe!«

Doch Clark Narving konnte das nicht mehr lebendig machen.

Er mußte seinen Mörder gut gekannt und nichts Böses von ihm erwartet haben. Denn alles deutete darauf hin, daß zwischen dem Verbrecher und dem Opfer kein Kampf stattgefunden hatte.

Erbittert stand Inspektor Corner mit seinen Leuten vor dem Toten. Trotz aller Bemühungen, trotz einer Großaktion hatte er das Leben des Juweliers nicht retten können.

»Weiß Gott, er ist ein zu vollkommener Mörder!« knirschte der Inspektor, und sein Gesicht verzerrte sich vor Zorn. »Nun wird er triumphieren: Ein Mord vor den Augen der Polizei! Doch vor lauter Triumph wird er übersehen, daß er sich mit dieser Tat endgültig die Schlinge um den Hals gelegt hat. Denn jetzt kenne ich den Täter!« Und leiser fügte Corner hinzu: »Ich wußte, daß das Leben dieses alten Mannes aufs höchste gefährdet ist, und tat alles, um eine neue Bluttat des Verbrechers zu verhindern. Anscheinend jedoch gibt es einen geheimen Weg in diese Wohnung.«

Battle fuhr auf: »Wenn Sie den Täter kennen, warum verhaften Sie ihn dann nicht?«

»Weil ich diesem abgefeimten Burschen seine Untaten noch nicht schlüssig beweisen kann. Noch sind die Indizien zu dünn – wenn sie auch stimmen! Ich muß ihn auf frischer Tat ertappen!«

»Im ungünstigsten Fall kann das aber noch weitere Menschenleben kosten, Chef!«

»Nein. Jetzt wird er nicht mehr morden. Er hat mit seinen Bekanntschaften gründlich aufgeräumt. Nun wird er nur noch in die Falle gehen, die ich ihm stellen werde.«

»Und wenn er es nicht tut?«

»Er wird hineinrennen. Dieser Mörder ist nicht nur feige, er ist auch dumm, obwohl er sich klug vorkommt und seine Verbrechen mit geradezu teuflischem Raffinement ausführt. Verlassen Sie sich darauf, meine Herren, es gibt auf der ganzen Welt keine im üblichen Sinne intelligenten Verbrecher. Wenn überhaupt, dann sind sie zu klug, und dieses Zuviel wird in der Praxis stets zu einem Zuwenig.«

13

Nach einer sorgfältigen Durchsuchung des Hauses wurde im Keller unter einem Berg von alten Kartons die Tür zu einem Geheimgang entdeckt.

Dunkel, feucht und modrig lag er vor den Beamten.

Mit starken Handscheinwerfern krochen Corner und Battle hinein. Der Gang war so eng und niedrig, daß sie nur geduckt vorwärtskamen.

»Wenn am Ende dieses Schlauches einer auf uns wartet, kann er uns abknallen wie Luftballons auf einem Volksfest«, keuchte der Sergeant.

»Es wird keiner warten.« Corner lächelte. »Ich sagte Ihnen ja schon, unser Mörder ist im Grunde genommen die personifizierte Feigheit!«

Der Inspektor behielt recht. Hinter der Heizungsanlage des Häuserblocks in der Nebenstraße endete der Geheimgang. Unbehelligt verließen ihn die beiden und eilten die Treppe zum Kellerausgang hinauf. Die offenstehende Tür bewies, daß der Mörder erst vor kurzer Zeit denselben Weg gegangen sein mußte.

Auf der Straße tupfte Corner sich den Schweiß von der Stirn und lief zur nächsten Ecke, wo ein Polizist bedächtig hin und her ging und sein Revier bewachte.

Der Inspektor rief ihn an: »Ist hier ungefähr vor einer Viertelstunde ein Auto vorbeigefahren?«

»Jawohl!« nickte eifrig der Polizist. »Vor etwa fünfundzwanzig Minuten. Eine schwarze Rover-Limousine. Sie fuhr ganz langsam, und ein großer Herr saß am Steuer. Er hat mir freundlich zugewinkt...«

»Wie nett!« Corner brüllte vor Wut. »Der freundliche Herr ist ein vierfacher Mörder!«

Nachdem in der Wohnung des ermordeten Juweliers die in solchen Fällen üblichen polizeilichen Maßnahmen eingeleitet worden waren, fuhr Corner mit hoher Geschwindigkeit durch die noch leeren Straßen aus der City hinaus in Richtung Richmond.

Sein Assistent Battle begleitete ihn, wenn er sich auch nicht zusammenreimen konnte, warum Corner ausgerechnet um diese Zeit zu Sir John Marshall wollte.

Kurz vor Marshalls Haus hielt Corner an, befahl Battle, im Wagen zu warten, und ging das letzte Stück zu Fuß.

Als er an der Villa angelangt war, kletterte er über den Zaun und schlich durch den Park an das Haus heran. Er umging es, wandte sich dem Nebengebäude zu und verhielt – kaum atmend – vor der Garage.

Ohne das geringste Geräusch zu machen, drückte er die Klinke herunter. Die Garage war jedoch verschlossen. Mit einem Dietrich öffnete er das Schloß, zog einen Revolver und stieß die Tür mit dem Fuß auf.

Nichts rührte sich in dem dunklen Raum.

Vorsichtig schob er die Türflügel wieder an den Rahmen und ließ seine Taschenlampe aufblitzen. Suchend huschte ihr Schein über die abgestellten Wagen: ein großer, dunkelroter Jaguar, der helle Sportwagen Evelyns und der breite, schwarze Rover.

An Rädern und Kotflügeln klebte frischer Straßenschmutz. Langsam streckte der Inspektor seine Hand zur Kühlerhaube aus...

Gleich darauf vergaß er seine Umgebung und pfiff begeistert durch die Zähne: Der Kühler war noch warm! Der Wagen mußte vor kurzer Zeit noch gefahren worden sein!

»Na also, mein Lieber«, murmelte er, als er die Garage verließ. »Jetzt können wir endlich eine andere Sprache miteinander sprechen!«

Lautlos ging er durch den Park zurück. In der Nähe des Zaunes blieb er plötzlich stehen. Hatte da nicht dicht neben ihm ein Zweig geknackt? Mit einem Schwung warf er den Körper herum und riß den Revolver hoch.

Doch es war zu spät.

Er sah einen großen Schatten zwischen den Bäumen stehen, sah das helle Mündungsfeuer eines Schusses aufflammen, hörte eine dumpfe Detonation – Schalldämpfer! dachte er noch, dann fühlte er einen rasenden Schmerz und stürzte besinnungslos zu Boden.

In den Mittagsblättern erschien an unauffälliger Stelle eine kurze Notiz: »Inspektor Henry Corner von Scotland Yard wurde heute in den frühen Morgenstunden bei der Verfolgung eines Verbrechers auf dem Grundstück des

Großindustriellen Sir John Marshall erschossen. Die Fahndung nach dem Täter ist aufgenommen worden.«

Ohne besondere Anteilnahme überflog man die wenigen Zeilen. Gewiß, der arme Kerl konnte einem leid tun, aber wer einen solchen Beruf ergreift, muß halt mit dieser bitteren Möglichkeit rechnen...

Kurz nach dem Erscheinen der Zeitungen tauchte Dr. Pat Woodrof in der Villa von Sir John Marshall auf.

Der Anwalt war über den tragischen Vorgang in der unmittelbaren Umgebung seines Klienten aufs höchste erregt. Voller Mitgefühl lauschte er den Worten Evelyns, die bei seinem Anblick in Tränen ausbrach: »Es ist schrecklich, Doktor, erst stiehlt man uns den Rover, um mit ihm zu einem Mord zu fahren, und dann wird in unserem Park der gute Corner erschossen. Mein Vater ist ganz krank vor Aufregung und fühlt sich unfähig, ins Büro zu gehen. Wollen Sie mit ihm sprechen?«

»Es wäre mir sehr recht, gnädiges Fräulein.«

Sir John saß in seinem Schlafzimmer in dicke Decken gehüllt. Sein Gesicht war eingefallen, und seine Hände zitterten, als er den Anwalt begrüßte. »Auf meinem Haus scheint neuerdings ein Fluch zu lasten«, sagte er mit schwacher Stimme. »Es ist zuviel für mich. Ich beginne zu resignieren.«

Woodrof ereiferte sich in seiner Anteilnahme: »Aber Sir John! Bloß das nicht!« Beschwörend hob er die Hände. »Sie brauchen Ruhe, nichts als Ruhe, um diesen Schock zu überwinden! Fahren Sie doch für ein paar Tage nach Schottland. Dort werden Sie bald wieder auf andere Gedanken kommen und Ihre alte Kraft zurückgewinnen.«

Mit ehrlich besorgten Augen sah er den sonst so vitalen Mann an. Plötzlich schien ihm eine Idee gekommen zu sein: »Gern erkläre ich mich bereit, für die kurze Zeit Ihrer Abwesenheit Ihre Geschäfte zu führen. Heute abend kommen doch die Herren aus Indien. Da ich in Ihre Pläne eingeweiht bin, kann ich die nötigen Besprechungen ohne weiteres allein führen. Die Verhandlungen werden so verlaufen, als ob Sie selbst hinter Ihrem Schreibtisch säßen...«

Überrascht horchte Marshall auf. Der Vorschlag hatte etwas Verlockendes. Er sah auf seine Hände, die schmal, aber sehnig in seinem Schoß lagen. Als Woodrof wieder zu sprechen begann, klang seine Stimme gedämpft und bebte leicht: »Schade um den armen Corner, ich habe ihn gern gemocht. Er war ein lebensbejahender Mensch und lachte so gern...«

»Sie sind ein guter Freund«, sagte Sir John und schien gerührt. »Ich habe mir Ihren Vorschlag überlegt und nehme ihn an. Sie haben recht, ich werde ein paar Tage ausspannen und Sie für diese Zeit mit meiner Vertretung beauftragen.«

Ehrerbietig drückte Woodrof die Hand des vom Schicksal so Getroffenen. »Sie werden diesen Beschluß nicht zu bereuen haben, Sir.«

14

In Scotland Yard saß Inspektor Corner unterdessen sehr lebendig an seinem Arbeitstisch und sichtete eingegangene Meldungen. Den linken Arm trug er in einer Binde.

Ab und zu griff er nach der Schulter, in der es äußerst schmerzhaft rumorte. Der Schuß des Unbekannten hatte gesessen. Aber nicht genau genug, um Corners Leben auszulöschen. Immerhin sollte der Verbrecher das glauben und sich in Sicherheit vor seinem Verfolger wiegen. Zu diesem Zweck war auch die Notiz von dem Tod des Kriminalinspektors in die Presse lanciert worden.

Daß er nicht verblutet war, hatte er Battle zu verdanken, der nach kurzer Zeit unruhig geworden war und ihn gesucht hatte. Er war es auch gewesen, der ihn unauffällig ins Krankenhaus geschafft hatte, wo Corner wieder zusammengeflickt worden war.

Jetzt unterbrach Corner seine Arbeit. »Sehen Sie mal auf die Uhr, Battle, wie spät ist es?«

»Genau fünfzehn Uhr vierundzwanzig, Chef!«

Nachdenklich zog Corner an seiner Zigarette. Ein paar tiefe Lungenzüge taten bei den bohrenden Schmerzen in dem frisch operierten Arm gut. »Hm...«, brummte er endlich, »fünfzehn Uhr vierundzwanzig... Passen Sie auf, Sergeant: Morgen früh, spätestens um sieben Uhr, haben wir den Mörder von Finchley hier im Yard oder sonst irgendwo zu unseren Füßen...«

Wenig später fuhr der große Einsatzwagen von Scotland Yard mit Corner, Battle und sechs Polizisten durch London. Die Straßen lagen wie ausgestorben, denn ein scheußlicher Regen ergoß sich aus grauen, sich jagenden Wolken.

Die mürrische Stimme des Fahrers unterbrach das mißmutige Schweigen: »Wo geht es denn eigentlich hin, Herr Inspektor? Sie haben mir noch keine genauen Anweisungen gegeben.«

Corner tauchte aus seinen Gedanken auf. »Fahren Sie bis Sutton zur Polizeiwache. Dort werden wir warten...«

Gegen siebzehn Uhr erfuhr Corner von Scotland Yard, daß Evelyn Marshall dort angerufen und den Nachfolger von ihm hatte sprechen wollen.

Sofort wählte er die Nummer der Villa. Das junge Mädchen war selbst am Apparat. Corner meldete sich als Sergeant Battle. Evelyn wollte im Namen ihres Vaters wissen, wann das Begräbnis des erschossenen Inspektors stattfinden würde.

Corner zögerte mit der Antwort. Dann sagte er mit getragener Stimme: »Er wird nicht vor nächster Woche begraben werden. Erst müssen wir seinen Mörder finden. So lange bleibt der Inspektor über der Erde.«

Evelyn schien mit den Tränen zu kämpfen. Schwach klang es aus dem Hörer: »Dann kann mein Vater an der Beisetzung teilnehmen... Augenblicklich ist er krank und wird für einige Tage London verlassen.«

Corner stutzte. Instinktiv kam seine Frage: »Wer vertritt dann Ihren Herrn Vater während seiner Abwesenheit?«

»Sein Rechtsbeistand, Dr. Woodrof...«

Mit hochgezogenen Augenbrauen und einem anerkennenden Lächeln auf den Lippen legte der Inspektor den Hörer auf die Gabel zurück.

Die erste Besprechung mit den Herren aus Indien hatte in den Abendstunden ihr Ende gefunden. Dr. Woodrof war mit dem Verlauf der Verhandlungen sehr zufrieden. In bester Laune saß er im Büro Sir John Marshalls und dachte an den morgigen Tag.

Das Schrillen des Telefons riß ihn aus seinen spekulativen Gedanken.

Einen Moment lang war er verwirrt. Das Telefon? Die Zentrale mußte doch wissen, daß Sir John nicht im Büro war und er nur als sein Vertreter hier am Schreibtisch saß. Warum legte man also noch zu dieser Stunde ein Gespräch auf den Chefapparat? Wieder schrillte die Glocke. Lang und anhaltend... Plötzlich schlug der Anwalt sich mit der flachen Hand an die Stirn: Wie konnte er nur so nervös sein! Natürlich, die indischen Verhandlungspartner würden noch eine Rückfrage haben!

Rasch griff er zum Hörer und meldete sich unter dem Namen der Firma.

Aus der Leitung ertönte eine schwere, rauhe Stimme: »Herr Dr. Woodrof?«

Der Anwalt horchte mißtrauisch auf. Diese kehlige Stimme gefiel ihm nicht. Zurückhaltend fragte er: »Am Apparat... Was wünschen Sie?«

Nach kurzer Pause dröhnte dieses hart rollende Organ erneut an sein Ohr: »Hier Sergeant Battle von Scotland

Yard. Herr Doktor, Sie haben doch ein Interesse daran, daß der Mörder gefaßt wird?«

Stirnrunzelnd sah Woodrof an die Decke und nickte mechanisch. »Aber ja, das wissen Sie doch«, sagte er langsam. »Haben Sie ihn denn endlich geschnappt?«

»Noch nicht!« Battle zögerte einen Augenblick, dann stellte er dem Anwalt eine merkwürdige Frage: »Wollen Sie nicht die Verteidigung des Mörders übernehmen?«

Woodrofs Gesicht erstarrte. Verblüffung spiegelte sich in seiner Miene, und in seiner Stimme schwang Unsicherheit: »Ich die Verteidigung? – Wie kommen Sie auf solch eine Idee?«

»Ich nicht... Unser oberster Chef wollte es wissen.«

»Hm... Soweit sind Sie also schon. Fühlt man sich im Yard der Sache wirklich so sicher?«

»Sehr sicher sogar, Herr Doktor. Ihnen kann ich es ja sagen...«, die Stimme Battles wurde so leise, daß Woodrof sie kaum noch verstand. »Morgen, spätestens gegen sieben Uhr früh, wollen wir den Schlupfwinkel des Verbrechers ausheben. Das ist so ein Versteck, wo er seinen ganzen Kram hingepackt hat. Beutegut und so, verstehen Sie? Jedenfalls Material genug, um ihn eindeutig zu überführen.« Und wieder lauter werdend: »Na, Herr Doktor, wie ist es? – Wollen Sie bei dieser Gelegenheit den Mörder kennenlernen?«

»Natürlich – wollte ich ja schon immer.«

»Dann nehmen Sie doch teil an der Razzia.«

Woodrof folgte dem Gespräch nur noch oberflächlich. Was dieser Kerl doch für eine widerliche, knotige Stimme hat, mußte er immer wieder denken. Und: Wie er sich bläht und spreizt, dieser subalterne Polizeiknecht...

»Hallo, hallo...«, röhrte es ungeduldig aus der Leitung. »Sind Sie noch am Apparat, Herr Doktor?«

Nervös konzentrierte Woodrof sich: »Selbstverständlich – ich habe nur Ihre letzten Worte nicht verstanden.«

Battle räusperte sich vernehmlich: »Ich fragte, ob Sie morgen nicht bei der Razzia mitmachen wollen.«

»Vielleicht«, murmelte Woodrof, »ich will sehen. Ich rufe Sie noch an, Sergeant.«

Als er den Hörer wieder aufgelegt hatte, saß der Anwalt lange Zeit mit geschlossenen Augen bewegungslos in seinem Sessel. In dem matten Schein der Schreibtischlampe glich sein Gesicht einer Maske, die merkwürdig belebt wurde durch das leise Zucken seiner zusammengekniffenen Lippen. Es schien, als ob dieser Mund sich immer wieder verzerrte wie der eines Kindes, das mit einem schmerzvollen Aufweinen kämpft.

Auf einmal aber kam Leben in seinen Körper. Mit einer entschlossenen Geste sprang er auf, nahm seinen Mantel und Hut aus dem Garderobenschrank und verließ mit schnellen Schritten den Raum.

Auf der Straße stieg er in seinen Wagen und verließ mit hoher Geschwindigkeit die Innenstadt.

15

Es war gegen zwei Uhr morgens, als das Telefon in der Wachstube von Sutton schellte. Corner, der auf einem Feldbett lag, sprang wie elektrisiert auf.

Battle war jedoch schneller und griff nach dem Hörer. »Hier Sergeant Battle«, meldete er sich mit heiserer Stimme.

Der Inspektor hatte inzwischen den zweiten Hörer ergriffen und lauschte erregt der dienstlich-nüchternen Meldung eines seiner Polizeiposten.

»Er hat eben das Haus verlassen und geht zu Fuß. Der Mann ist folgendermaßen bekleidet: langer, fast bis auf die Erde reichender Regenmantel, brauner Hut mit breitem Rand, tief ins Gesicht gedrückt. Er trägt Gummischuhe. Sergeant Serk meldete eben, daß er ihn passiert hat in Richtung Friedhof von Croydon. Er wird weiter beobachtet von Sergeant Burker. Ende...«

»Danke«, sagte Battle und hängte ein. Dann sah er seinen Chef groß und verständnislos an: »Wer ist ›er‹, Chef?«

»Der Mörder, Battle...«

»Und den lassen Sie so einfach durch die Gegend spazieren?«

Corner nickte und zog sich ohne Hast den Mantel an: »Warum denn nicht? Keine Sorge... Noch einmal soll er uns nicht an der Nase herumführen. Jetzt fassen wir ihn!« Er blickte auf die Uhr. »Wir haben noch ungefähr fünfundzwanzig Minuten Zeit... Nur, daß er zu Fuß geht, gefällt mir nicht...«

Langsam trat er an den Tisch und setzte sich auf dessen Kante. Wie geistesabwesend sah er auf das Telefon. Dabei nahm er aus der Manteltasche eine Pistole und lud sie durch. Der linke Arm schmerzte höllisch bei dieser Bewegung, er ließ sich jedoch nichts anmerken und steckte die Waffe wieder ein.

Battle folgte jeder seiner Bewegungen. Gespannt stieß sein Kopf vor: »Wird's knallen, Chef?«

»Damit können wir mit einiger Bestimmtheit rechnen, Sergeant...«

In der nächsten Sekunde ließ das erneute Schrillen des Telefons beide zusammenfahren.

Sergeant Burker war am Apparat und meldete: »Eben hat *er* den Friedhof betreten und ist im Bereich der Familiengrüfte verschwunden. Wir haben das Gebiet sofort abgeriegelt. Die Scheinwerfer sind in Stellung gebracht. Was sollen wir tun?«

»Abwarten!« befahl der Inspektor mit ruhiger Stimme. »Wir kommen sofort...«

Die Nacht war dunkel und voll Regen. Unaufhörlich rauschte er aus den tiefhängenden Wolken, und die Finsternis war fast undurchdringlich. Der große Einsatzwagen von Scotland Yard glitt in schneller Fahrt durch aufspritzende Wasserlachen und hielt in fünfhundert Meter Entfernung vom Friedhof in Croydon an.

Die Polizisten stiegen aus und gruppierten sich um den Inspektor, der die letzten Anweisungen gab: »Der Friedhof hat die Form eines Rechtecks... An jeder kurzen Seite steht ein starker Scheinwerfer. Battle und drei Mann kommen mit mir. Die anderen halten das Gelände von außen unter Beobachtung. Battle, Sie nehmen die Maschinenpistole, und Sie...«, er zeigte auf zwei Polizisten, »schnappen sich die Tränengasbomben, und Sie folgen uns mit den zusätzlichen Scheinwerfern. Burker leitet den Einsatz der Geländescheinwerfer. Und dann: Wenn Schüsse zu hören sind, kümmern die Bewacher der äußeren Linie sich nicht darum! Erst wenn sie einen Flüchtenden sehen, dürfen sie eingreifen... So, und nun los, meine Herren!«

Lautlos verteilten sich die Polizisten über den Friedhof.

Durch die stummen Reihen der Grabkreuze huschte ein Mann. Wenn er sich bückte, um den vor Nässe tropfenden Büschen und Baumzweigen auszuweichen, schleifte sein langer Mantel über den lehmigen, aufgeweichten Boden. Er achtete nicht darauf und rannte in fliegender Hast weiter.

Erst vor einem Grabmal in der Form eines Tempels blieb er stehen. Gehetzt sah er sich nach allen Seiten um und lauschte angestrengt in die Dunkelheit. Es war jedoch nichts zu hören. Nur das stoßweise Keuchen seines eigenen Atems und das gleichmäßige Trommeln des Regens auf das Blechdach des Grabtempels.

Nun kam wieder Bewegung in die schattenhafte Gestalt des Mannes. Er ließ seine Taschenlampe kurz aufblitzen und tastete sich zu der kleinen, verrosteten Tür, die in die ausgemauerte alte Gruft führte.

Langsam stieg er die verwitterten, glitschigen Steinstufen zur Gruft hinab und ließ den Schein seiner Lampe kreisen.

Drei verstaubte Särge standen auf dem feuchten Boden. Es roch nach Moder, Verwesung und Erde...

Aufatmend setzte er sich auf den Deckel des einen Sarges und wischte die Regentropfen aus seinem Gesicht. »Geschafft!« murmelte er. »Jetzt noch die Sachen geholt, und das Spiel ist gewonnen!«

Er knöpfte den Mantel auf und begann, die Schrauben des einen Sarges, der in der Nähe der Treppe stand, zu lösen. Sorgfältig legte er sie auf die Erde, klemmte die Taschenlampe in einen Mauerriß und arbeitete weiter. Als alle Schrauben entfernt waren, hob er mit einer Eisenstange, die in der Ecke lag, den schweren Sargdeckel hoch.

Der Schrein war leer... Die Leiche, die darin gelegen hatte, mußte schon vor längerer Zeit entfernt worden sein, denn die Papiere und Kleider, die sich im Sarginneren häuften, waren bereits angeschimmelt.

Oben auf dem Friedhof schlichen von allen Seiten die Polizisten an den Tempel heran.

Corner stand dicht am Eingang, und als der Ring geschlossen war, hob er die Hand...

In derselben Sekunde flammten vier starke Scheinwerfer auf und tauchten das Grabmal in gleißendes Licht.

Die Pistole in der Hand des Inspektors blitzte. Er beugte sich weit vor und schrie mit lauter Stimme: »Kommen Sie herauf! – Das Spiel ist aus!«

Der Mann hatte sich gerade wieder erhoben und seinen Mantel zugeknöpft, als plötzlich dieser taghelle Schein über die Treppe in die Gruft fiel. Fluchend sprang er an die Mauer und zertrümmerte mit einem Hieb die Taschenlampe. Dann riß er eine Pistole aus der Tasche...

Beim Klang der Stimme Corners brach der Schweiß aus seinen Poren, und eine wahnsinnige Angst drohte ihn zu lähmen. Sein Gesicht wurde fahl, und er schien zusammenzufallen.

Wieder dröhnte diese fürchterliche Stimme durch das Gewölbe der Gruft: »Kommen Sie augenblicklich herauf! – Oder soll ich Sie holen?«

Sekunden später hörte der Mann Schritte auf der Treppe. Da hob er die Hand und drückte ab. Der Schuß krachte donnerartig und zerriß ihm fast das Trommelfell. Steinsplitter surrten durch die Luft. Die Schritte eilten zurück.

»Lassen Sie den Blödsinn!« brüllte der Inspektor. »Ich räuchere Sie sonst ein wie einen Schinken!«

»Holen Sie mich doch, Sie verdammter Kerl!« tobte der Mann. Rasend vor Wut sprang er vor und schoß in die Helligkeit hinein. Eine Garbe aus der Maschinenpistole war Battles Antwort.

Sofort stoppte der Inspektor die Schießerei. Seelenruhig setzte er sich auf einen Stein neben den Eingang des Tempels und machte eine beruhigende Handbewegung. »Nur nicht in Unkosten stürzen, meine Herren. Oder wollen Sie sich von dem Kerl die Knochen zerschießen lassen? – Wir haben Zeit – aber der Knabe da unten nicht! Und nun, Sergeant Serk, geben Sie mir mal die Tränengasbombe!«

Einen Augenblick lang wog Corner die kleine gläserne Flasche in der Hand... Dann beugte er sich vor und warf sie in die Gruft. Klirrend zerschellte sie auf dem Steinboden. Ätzend stiegen weiße Schwaden die Treppe empor.

Der Mann im Regenmantel war weit zurückgewichen, als die Flasche zerbarst. Das Gas trieb ihn zur Raserei. »Ihr Bluthunde!« heulte er. »Trotzdem bekommt ihr mich nicht!«

Er zerrte ein Taschentuch aus dem Mantel, tunkte es in eine Pfütze am Boden und drückte es gegen Mund und Nase. Stöhnend warf er sich hin und kroch zur Treppe, wo ein frischer Luftstrom das Gas in Bewegung hielt.

Als sich ein Schatten im Scheinwerferlicht zeigte, schoß er sofort. Es war Battle, an dem die Kugel um Millimeter vorbeipfiff.

In der gleichen Sekunde zersplitterte eine neue Tränengasbombe neben dem Verbrecher. Ächzend wälzte er sich auf den Rücken und schnappte gierig nach Luft.

Dabei fiel der Schein der starken Lampe voll auf sein lehmverschmiertes Gesicht. Es war verzerrt vor Angst und Grauen, blau angelaufen und fast unkenntlich. Und dennoch erkannte Battle mit einem schnellen Blick dieses Gesicht. Er starrte es an und wollte einen Namen rufen. Doch vor erschrecktem Staunen brachte er keine Silbe über die Lippen...

Der Anblick lähmte Battle. Diese momentane Fassungslosigkeit mußte er teuer bezahlen. Ein Schuß krachte, und wie vom Blitz getroffen stürzte der Sergeant zu Boden. Diesmal hatte der Verbrecher besser gezielt.

Ungeachtet der Gefahr sprang der Inspektor mitten ins Scheinwerferlicht und zerrte den Verwundeten in die schützende Dunkelheit. »Mensch, Battle, was machen Sie für Dummheiten!« polterte er mit bewegter Stimme und nahm den Kopf seines Sergeanten in beide Hände. Der aber schien ihn gar nicht zu hören. Grenzenlose Überraschung stand in seinen weit aufgerissenen Augen, als er mit röchelnder Stimme sagte: »Dort unten, Chef... Das ist ja der Anwalt Dr. Woodrof!«

»Nein, Battle, er ist es nicht«, flüsterte der Inspektor ganz dicht am Ohr des Sterbenden, »das ist Jonny, sein Bruder... Der Tote von Finchley, der Mensch ohne Gesicht, war Dr. Pat Woodrof!«

Das war das letzte, was Sergeant Battle auf dieser Erde hörte. Sein Kopf sank kraftlos zur Seite.

Erschüttert verharrte Corner noch einen Augenblick an der Leiche seines treuen Assistenten, dann richtete er sich wieder auf.

Finstere Entschlossenheit und maßlose Erbitterung standen in seinem Gesicht, als er sich vorsichtig dem Tempeleingang näherte.

Es war merkwürdig still. Nur der keuchende, rasselnde Atem des Mörders drang aus der Gruft.

Auf einen Wink des Inspektors verlöschten schlagartig sämtliche Scheinwerfer. Im Schutz der Dunkelheit beugte Corner sich weit vor und rief mit durchdringender Schärfe: »Jonny Woodrof, Ihr fünftes Opfer klagt Sie an! – Das letzte Mal: Kommen Sie herauf und stellen Sie sich!«

Ein gurgelnder Aufschrei war die Antwort: »Lieber hier sterben als durch den Henker!« Im gleichen Moment hörte man schwere, taumelnde Schritte die Treppe hinaufstolpern.

»Scheinwerfer an!« brüllte Corner und schnellte zur Seite.

Das Licht sprang in die Dunkelheit und tauchte den

Tempelausgang in Tageshelle, in dem unversehens die Riesengestalt des wild um sich schießenden Mörders erschien.

»Deckung!« kommandierte der Inspektor, aber schon schrien zwei getroffene Polizisten auf.

Sekunden nur dauerte der Kugelwechsel. Plötzlich streckte der Mann im langen Mantel mit einer fast theatralischen Geste die Arme ins Licht, drehte sich im Zeitlupentempo herum und stürzte dumpf aufschlagend zu Boden.

Wie versteinert stand der Inspektor eine Weile vor dem leblosen Körper Jonny Woodrofs. Dann wandte er sich an einen der Polizisten: »Rufen Sie Scotland Yard an und melden Sie: Die Bestie von Finchley ist tot!«

16

Einige Tage nach dem blutigen nächtlichen Kampf auf dem Friedhof von Croydon saßen Corner, Evelyn und Sir John Marshall sich am Teetisch gegenüber.

Der Inspektor hatte die erste sich bietende Gelegenheit benutzt, um sich den beiden als ›doch noch lebend‹ vorzustellen und ihnen Sinn und Zweck der lancierten Pressemeldung über seinen Tod zu erklären.

Dabei kam das Gespräch nochmals auf das tragische Ende des Rechtsanwalts Dr. Pat Woodrof durch die Hand seines Bruders.

Evelyn schüttelte ungläubig den Kopf: »Nie hätte ich

diesen vermeintlichen Doktor Woodrof für einen – wie man so sagt – geborenen Verbrecher gehalten, für einen in seiner Hemmungslosigkeit und Grausamkeit beispiellosen Massenmörder...«

»Ich kann das verstehen«, nickte der Inspektor, »und ich bin auch davon überzeugt, daß er in jener Nacht keinesfalls mit einer festen Mordabsicht zu Pat gekommen ist. Durch einen Streit muß er plötzlich jede Kontrolle über sich verloren haben. Und erst nach dem Brudermord wurde er dann zu einem bedenkenlos tötenden Ungeheuer. Zweifellos aus panikartiger Angst vor der Entdekkung seines schauerlichen Verbrechens.«

Interessiert beugte Sir John sich vor: »Wie sind Sie eigentlich auf seine Spur gekommen?«

»Das ist schnell erzählt: Nach der Aussage Ihrer Tochter, die von einer verblüffenden Ähnlichkeit zwischen dem angeblichen Dr. Pat Woodrof und dem Käufer des Blaufuchses gesprochen hatte, war ich natürlich auf die Persönlichkeit Woodrofs aufmerksam geworden. Zunächst allerdings nur im Unterbewußtsein. Denn wer sollte schon auf die Idee kommen, daß dieser angesehene Mann tatsächlich mit diesen grausamen Verbrechen in Verbindung stand? – Aus diesem flüchtigen Interesse an Woodrof aber wurde ein handfester Verdacht, als mir der ›Anwalt‹ erzählte, daß sein Bruder in Indien gestorben sei, und wir den Grabbetrug feststellten. Wie das so ist: Nun reihte sich eine Belastung an die andere... Ich entdeckte zum Beispiel bei einer oberflächlichen Untersuchung seiner Wohnung Blutspuren zwischen den Steinen auf der Terrasse. Viel schwerer aber wog die Sache mit der Narbe. – Da hatte das Schicksal dem Mörder einen verhängnisvollen Streich gespielt. Jonny Woodrof konnte nicht wissen, daß sein Bruder eine Gallenblasenoperation durchgemacht hatte. Die Operationsnarbe ließ aber vermuten, wer der Tote war. Jetzt tastete ich mich an Jonny heran... Ich fragte ihn nach einer Armverletzung, die Pat nie hatte, und prompt fiel er darauf herein. Aber noch hatte ich keine hieb- und stichfeste Gewißheit. Ich mußte daher zu einem Gewaltakt schreiten: Jonny wurde in meinem Auftrag von Polizeibeamten überfallen und entführt. Im Yard ließ ich den Betäubten ausziehen und fotografieren. Nun war der Fall klar: Der angebliche Dr. Woodrof hatte keine Operationsnarbe!«

»Inspektor, Inspektor«, lächelte Sir John, »Sie überfallen Menschen und lassen Aktaufnahmen von ihnen machen. Dürfen Sie denn das?«

»Um Gottes willen«, wehrte Corner ab. »Natürlich nicht! Aber im Kampf gegen diesen gefährlichen Verbrecher war mir jedes Mittel recht, um seine Mordserie zu beenden. Anders konnte ich ihn nicht überführen. Bei späteren nochmaligen Untersuchungen stellte sich auch heraus, wie er in das Haus seines zweiten Opfers, Ben Farmer, eindrang. Er benutzte tatsächlich das niedrige, baufällige Dach als Ein- und Ausstieg, wobei er jeweils die Spuren sorgfältig verwischte. Bei dem Dreck in der Hütte fiel das sowieso nicht weiter auf.« Corner schüttelte bekümmert den Kopf. »Nach dem tragischen Ende von Frau Pach war mir klar, daß der Täter von unseren Maßnahmen genau unterrichtet sein mußte. Die Aussage der Pensionswirtin hatte ich nur dem angeblichen Anwalt erzählt. Ich ahnte natürlich nicht, daß dies das Todesurteil für die Ärmste bedeutete...

Doch nach diesem schrecklichen Ereignis wußte ich, wie ich ihn endgültig stellen konnte. Ich erwähnte in einem Gespräch den Namen des Hehlers Narving, den er von früher her kannte, und war überzeugt davon, daß er versuchen würde, auch diesen Zeugen zum Schweigen zu bringen.

Wir taten alles, um das Leben des Juweliers zu schützen. Leider war uns jedoch unbekannt, daß zu seinem Haus ein Geheimgang führte... Wir fanden ein viertes Opfer vor. Aber er machte noch einen groben Fehler, den er vermutlich als besonders intelligent einstufte. Bei den ersten Mordunternehmungen fuhr er seinen eigenen Wagen, für den Mord an dem Juwelier stahl er Ihr Auto, um eventuelle Verdachtsmomente in die falsche Richtung zu lenken.

Damit hatte das Monstrum sich selbst zur Strecke gebracht, auch wenn ich beinahe in Ihrem Garten hätte dran glauben müssen. Bei allem dürfen wir jedoch nicht übersehen, daß es vielleicht niemals gelungen wäre, den Mörder zu stellen, wenn er nicht bereits vor der Tat den größten Fehler gemacht hätte. Und dieser Fehler bestand darin, daß er Fräulein Evelyn auf der Straße angesprochen und am nächsten Tag den Blaufuchs für sie gekauft hatte. Dadurch öffnete er seinem düsteren Schicksal weit die Tür...«